川端康成文集 10

舞姬
MAIHIME

作者　川端康成
譯者　唐月梅
社長　陳蕙慧
副社長　陳瀅如
總編輯　戴偉傑
主編　張立雯
排版　極翔企業有限公司

出版　木馬文化事業股份有限公司
發行　遠足文化事業股份有限公司（讀書共和國出版集團）
地址　231 新北市新店區民權路 108 之 4 號 8 樓
電話　02-2218-1417 傳真 02-8667-1891
email　service@bookrep.com.tw
郵撥帳號　19588272 木馬文化事業股份有限公司
客服專線　0800221029
法律顧問　華洋法律事務所　蘇文生 律師
印刷　成陽印刷股份有限公司
二版 1 刷　2016 年 1 月
二版 5 刷　2023 年 11 月
定價　新台幣 320 元
ISBN　978-986-359-198-6

國家圖書館出版品預行編目 (CIP) 資料

舞姬 / 川端康成著；唐月梅譯 . -- 二版 .
-- 新北市：木馬文化出版：遠足文化發行 ,
2016.01　面；　公分 . --（川端康成文集；10）
ISBN 978-986-359-198-6（平裝）
861.57　　　　104026135

導讀

在川端寫《舞姬》之前，明治時期的前輩作家森鷗外，在一八九〇年也寫了他的第一本小說《舞姬》，因為那是鷗外的成名作，雖然用的是舊式的文言體，但是卻散放清新的氣息，而且可以窺見鷗外的私生活，因此十分轟動，直到近年在日本還搬上銀幕。因此，一提到《舞姬》，很容易聯想到鷗外的「舞姬」，但是事實上，完成度更高的是川端的《舞姬》，日本在討論戰後的川端文學特性時，一個關鍵字眼是「魔界」；最早出現「魔界」字眼的作品便是《舞姬》。

此外，《舞姬》也是川端作品中描寫官能最為徹底的一部作品，因為對於女人情色的反應刻劃得清澈見底，因此在戰後初期盟軍占領下的日本還是一個問題，最初發表時還曾為此加以修正。

《舞姬》是一九五〇年開始連載，其後成為單行本發行後，便馬上得到相當高的評價，認為戰後的小說不是私小說便是報導式的作品，因為有《舞姬》的出現，所以讓人確信小說還是文學、還是藝術。《舞姬》是一部相當傑出的作品，因此，此書在出版文庫本時，係由三島由紀夫來寫後序。在一九七五年之後，對於《舞姬》的研究主要有三個方向，亦即以人物為主來分析，其次便是有關「魔界」的考察，然後是以舞蹈來評析；因為川端對於舞蹈或舞姬是長年不斷地在描述，從少年時代起，川端便相信「女人的美是在舞蹈中達到極致」。

《舞姬》的故事梗概是波子與家庭教師矢木結婚二十年多，矢木是國文學者，兩人之間生有想成為芭蕾舞家的品子以及大學生的高男，家計其實全由波子開設的芭蕾舞教室在維持，老友竹原一直都是波子諮詢的對象。有一天，波子的助手友子與情人離去；隨著韓戰爆發，矢木陷於戰爭恐怖症，與高男商議逃到海外；波子則意識到自己對竹原的愛而決心離婚，品子也奔向心儀的男人香山，矢木家即將崩潰。

誠如三島由紀夫所指出的，矢木在孩子們面前責難詰問母親，孩子們又各自反駁的場面，是令人想起古典劇最終局面的一個明晰悲劇的頂點；但諷刺的是，如此的「家」的悲劇，是在敗戰之後這一家所呈現的日本的「家」徐徐崩潰的過程以來最終局面，才有可能的。隨著日本的民主化發生一般現象，在《舞姫》全篇中描寫得極為微妙、精細，但是這特殊的一家，是更為急於崩潰、假手他人來促成崩潰，反而與時代無關，而是自己的家中原本便宿有崩潰的種子，當此一悲劇達到頂點，每一個人才開始正面相對、衝突，讓此一並非藉著愛情而結合、而是藉著厭惡而結合的家庭典型得以成立，這正應稱之為諷刺的家庭小說。

川端確實因為敗戰而悲哀徹骨，所以為了求自己安身立命之處，先是完成了自己所偏愛的《雪國》，但是一九四八年一年，川端連續失去了自己文學上的夥伴橫光利一以及恩人菊池寬，這一年開始成為川端很重要的轉機，他寫了細密記述自己一生的《獨影自命》，出了十六卷的全集，然後就任筆會會長，並在翌年的一九四九年開始執筆成為國際作家關鍵作品的《千羽鶴》，以及大作《山之音》，而《舞姬》是從一九五〇年開始在《朝日新聞》連載。《千羽鶴》是以描寫現代光源氏的愛欲的頹廢、墮落手法，來描述「茶道」此一日本傳統世界末端所隱蔽的「人的關係」，已經漂浮出相當的危機感；到了《山之音》以及《舞姬》，則更是預感到日本的「家」，已經因為敗戰而變質、崩潰，川端將此預示與時代世相的變化，明確地加以傳遞，如果原封不動地停滯是已經完全走不下去了。作品在終局時，有暗示終將突破、變化的預兆呈現，這是《山之音》與《舞姬》的共通點，與《雪國》中最後葉子因為繭倉的火災而犧牲，是很不相同的對照。

川端在《山之音》或是《舞姬》從大的觀點來掌握，而且伴隨命運的悲哀極致，居然都是因為與日本的未來息息相關的憂慮而誕生的，這種意識著「世界」、意識著「世界中的日本」的作品，在日本敗戰之前是未見的。《舞姬》因為是在報紙的連載，所以非常明確地凸顯「家族」的主題，家族分裂的核心是身為舞姬的芭蕾舞者——波子以及品子母女，這與《雪國》有一點點關連；因為《雪國》的主角島村便是一位專寫西洋舞蹈評論的作家，他只是對於外國的資料非常熟悉，而實際上並未看過表演，並對「日本的西洋舞蹈不屑一顧」的典型好事之文化人。對於島村而言，西洋舞蹈僅能存在觀念中，如果變成現實則是相當令人頭痛的；但是在《舞姬》中，西洋舞蹈變成現實，所以成為矢木家很大的扭曲的根源。

《舞姬》的另主角矢木元男在戰時寫了「吉野朝的文學」的書，是一位想要迎合時代的國文學者，因為敗戰而產生「心靈之美絕滅」、古老美好的日本已如亡靈般的震驚。因此，戰後專門蒐集一些佛像、佛畫的女性美，專事「美女佛」

如此怪異的文學論，想藉此扳回自己的弱勢。不過，三島由紀夫認為，波子其實是「空想的人物」，而這位矢木則反而是以異樣的現實活得好好的，他是卑怯的和平主義者，是膽小的反戰者，是逃避的古典愛好者，還自己偷存私房錢，想逃避到美國去，甚至將妻子名下的房子均偷偷過戶為自己的；但是，他卻愛精神上早已紅杏出牆的妻子波子；因為有矢木這種有盤算的、卑鄙男人的存在，所以才使一切都帶有異樣的現實感，如果將矢木也以分析式來描寫的話，則波子的不安便無法成立，即使成立也缺乏真實性。

面對狡猾的父親，品子與高男這對姊弟相當困惑，因此，不得不各自決定自己的行動：品子繼承母親的芭蕾之道，想保護母親；但是高男則對父親有強烈憧憬，因此遵守父親的計畫，想遠離戰爭而逃避到夏威夷的大學去。兩人因父母離異而覺得無奈，但是找不到決定性的內在動機，而讓四人堅強地結合在一起的戰爭記憶現在依然栩栩如生；不過，讓矢木至為悲觀的是中共參戰而開始的沼澤化，以及韓戰的前瞻不明。

波子因為戰爭而不得不中斷芭蕾舞蹈生涯，相當後悔。因此，她是曾經放棄舞台之夢的過去的舞姬；如果不是因為戰爭，品子現在應該成為英、法的芭蕾學校學生，是尚未成為第一女主角的未來的舞姬；矢木至今卻依然不肯承認波子與品子的夢想——芭蕾的價值，一直對兩人的舞蹈熱情澆冷水，波子面對理想及必須承擔家計的痛苦是不斷的、雙重的；但是，這位男家長的遲鈍，因為戰敗而如水洩般被釋放了，但是他終究不肯在原地來咀嚼自己的問題，而用遠走他方的方式，還是不想好好反省。

川端的作品中從一開始便無止息地描寫舞蹈、舞姬、舞孃，從戰前的《化妝與口哨》、《花的華爾滋》到戰後的《舞姬》為止皆是。他的《虹》曾經描寫在淺草的賭場跳舞的女郎，認為以人工手法讓少女早熟、提前開花，那種美像是彩虹般脆弱；作品中看面相算命的男人說：「暴露自己的身體給人看而度日的生意，等於是年頭年尾都讓毒針穿刺身體般，人的眼睛是毒的。」但是即令如此，川端相信女人的美在舞蹈中最能呈現，他自己曾說：「現在的生活是強迫人做不自然的動作，因此人的身體所賦予的自然的、正確的、美麗的姿勢與動作，如果不經由舞蹈的訓練，是無法表現原本人應有模樣的，」也就是稍微加上人工而達到自然的美，亦即川端對舞蹈的愛好，是與厭惡現實互為表裡的；舞蹈家在舞台的模樣，對於川端而言，可以說是一種理想女性美的象徵。

在戰前，波子曾因為丈夫的協助而擁有「佛手」的節目，現在也還有人期待重新公演此一節目，女人的活力如活潑的芭蕾動作般，並沒有因為戰爭而遞減；相對於此，矢木因為戰爭而告萎縮、優柔寡斷，兩者是明顯的對比。但是，矢木從這個家以外的人來看，是「溫厚的美男子」，是容許妻子做自己想做的事的丈夫，也沒有外遇，但是他的專制想法如何讓周邊的人生命萎縮，只有家人，尤其是妻子才能理解。波子其實是有自己事業的女人，不但在北鎌倉的住居裡山建有練舞場，在日本橋也有練舞場，並指導相當人數的學生，但是她卻是優雅哀怨的，如三島形容的「她對人生所懷抱的夢，從角落開始崩潰，但是波子不像是包法利夫人般，她並沒有讓不滿不停燃燒的靈魂，就某種意義而言，波子是更為不乖順的，知道應該將罪就罪，將悲哀就悲哀，將絕望就絕望地去享樂」。

關於舞蹈，雖然川端在作品中敘說了不少關於天才舞蹈家尼金斯基以及崔承喜等世界級舞蹈家的事，但是在《舞姬》中，舞蹈本身欠缺動作以及韻律，一點也無法體嘗到舞蹈的輕快感；在小說的結構中，這是因為君臨一切的家長的霸道而壓抑住所有的動作，波子在未完全識破矢木的真面目之前，長期無法抵抗。但是如果純就舞蹈來看，則川端雖以舞蹈為主題，卻也是對於喪失純粹精神的通俗化舞蹈的批判，無論是波子、品子或是友子三人的舞姬，均將自己的愛情隱蔽在芭蕾之中，所以已經進入「魔界」的人，便無法像尼金斯基般成為真正的藝術家；三島認為，這是川端所想強調的、登場人物的「無力感」，即《舞姬》的主題是反映敗戰後川端的時代認識的一項作品。

川端作品中，最早出現「魔界」一語便是在《舞姬》，而「魔界」是讓川端的作品瀰漫魔力的關鍵字眼，尤其是川端重要的作品《湖》。一語道之，便是徬徨在魔界的男人的故事：二十四歲的桃井銀平為主，年近七十的有田老人也不容忽視，兩人均有不幸的過去，為了癒療自己的悲哀，不能不求救於美麗的女人；銀平認為自己是為女人的魔力所魅，自己與她們都同為「魔界的住民」，女人也自覺自己與追逐自己的男人是混進人間的魔族。《舞姬》之中，則誰是住在魔界的魔族呢？

《舞姬》中，矢木自己所掛的一休的掛軸中，寫有「入佛界易，進魔界難」，在女兒品子問及掛軸所寫的意思時，他說「這是一休用來譴責感性主義，像妳母親以及品子這樣的人都是感性主義的，」也就是像波子、品子等為情愛、夢想等原因，不顧生活已經瀕臨危機的人是「感性主義」，而自己便選擇住在魔界，表明自己想以冷酷的盤算來度過亂世；矢木在此處所說的「魔界」則是一種不擇手段的「馬基維里主義」的世界，因為矢木是如此，所以波子與品子逐漸遠離他而去，連當初相當尊敬父親的高男也離開父親。不過另一方面，當波子對品子告白自己愛上竹原時，品子說：「我能夠認同妳的愛情，是因為我進入魔界，所謂魔界是以堅強的意志活下去的世界呢！」也因為品子進入魔界，所以她才能鼓起勇氣去追她以前便一直心儀的男人，《舞姬》到此便告結束。品子所以會吐出「魔界」此語，是矢木所教的，但是「魔界」在《舞姬》中擁有兩個完全相反的方向，一為原本選定魔界的矢木，他的「入魔界」是為了生活而排除愛情、夢想；但是，品子的「入魔界」則是為了貫徹愛情而不顧世俗道德以及自己的生活，終結時是後者的品子的魔界否定了矢木的魔界。

或許「魔界」僅僅是為某物所魅而失控的人的世界。在《湖》中的有田，或是《舞姬》中的矢木一點也不陰溼，也不小氣，對於生活出現破綻的人有相當的理解，只不過矢木是固守自己的生活，《湖》中便寫出魔界是與這種生活保守主義有所不同的，《湖》中的魔界視為某種憧憬所魅、忘記世俗的道德乃至身心安全，品子的魔界就比較像是如此，不過品子憧憬的對象是一個男人，單純明快，不像銀平還有愛與美的絕對目標，即使憧憬得到滿足也是瞬間，因此被迫永遠地徬徨。

三島則懷疑矢木只是單純無力的「觀察的惡魔」。三島認為，矢木對於波子其實是有永恆不變的忠實愛情，但因為是屬於觀察者的愛情，是不同次元的愛法，波子長年無法拒絕矢木的愛情，是因為邂逅到此一非人的愛情的咒縛，所以她才能變成湖裡的天鵝吧！如果說住在魔界要有強烈的意志，那登場的人都沒有資格，尤其是無力的矢木；三島的看法是登場的人都是無力的，矢木本身也是在一種無力的咒縛之下受困，品子追香山而去了伊豆，暗示咒縛一角的崩潰。三島並以此進一步推測，矢木便是小說家的象徵，也就是對於所有人類行為超越性的無力感，小說中致力於藝術的女人因為無法擺脫蔑視所有行為的男人的支配，所以變成石女，也就是說波子與矢木是藝術家與藝術家生活的縮影，也就是藝術與生活的縮影，兩者永遠互為敵人。

——劉黎兒

全球化不倫愛讀本——川端康成的《舞姬》

在川端康成的作品中，《舞姬》的知名度大概還不夠高。森鷗外的《舞姬》或許更有名，有些讀者也可能將《舞姬》誤認為川端的名作《伊豆的舞孃》。不過，在此時刻——二〇〇二年十月峇里島爆炸案之後、二〇〇一年九一一事件之後——《舞姬》特別值得重視。《舞姬》呈現日本戰後的廢墟，鋼筋外暴，噪音四起，恐怕也讓平時貪愛川端的讀者措手不及。

許多讀者印象中的川端作品像是日本傳統美的抹茶清香樣品屋，但《舞姬》不一樣。《舞姬》一而再，再而三提及「戰後」的「創傷」（trauma）——就算對文學作品歷史感遲鈍的讀者，也不會錯失此書的歷史感，絕不會錯認此書為川端早期（戰前）的作品。在世紀末、全球化之後，我認為傷痕累累的《舞姬》反而比典型的川端小說更值得討論。

「創傷」是此書的主題，讓人輕易聯想起雷奈導演、莒哈絲編劇的電影《廣島之戀》，以及諸多描述在廢墟重建的作品。不過在進一步討論「創傷」之前，我想先談一下歷史的框架，因為歷史感糾結了此書的創傷。我從兩個流行的詞彙下手：「世紀末」和「全球化」。

「世紀末」是幾年前火紅的詞彙之一，而「全球化」則是當今的熱門咒語。「世紀末」引人傷春悲秋，「全球化」暗示商機無限。雖說兩者意涵殊異，兩者卻絕非割離。我們不能確切指出「世紀末」在何時結束，也說不出「全球化」在何時正式開始——兩者的時間大可重疊。再說，「世紀末」之中有「全球化」，「全球化」之中也有「世紀末」。回憶十九世紀末——日本明治維新成功，滿清義和團失敗，英國維多利亞女皇當政——這個時刻豈不是全球化的舞台？而二十世紀末，大家磨刀霍霍向全球化（WTO、歐洲共同市場等等），吾輩記憶猶新。掀開世紀末的面紗，我們看見全球化；而全球化崩塌時，顯露的殘骸又十足世紀末。全球化的地標，竟然呈現了末世想像中的地獄：全世界的金融中心（世貿雙子星和華爾街）和全世界的度假勝地（峇里島）均化為火葬場。

「世紀末」和「全球化」就是一體之兩面。何時為世紀末，何時為全球化，全依主觀認定。幾年前，吳繼文根據清朝小說《品花寶鑑》改寫的《世紀末少年愛讀本》，就是個主觀命名的範例。蓋《品花寶鑑》的故事背景在盛清，成書時間在十九世紀前葉，兩者都和世紀末無關。或許吳繼文當時處於二十世紀末，才會移情將《少年愛讀本》增添世紀末的色彩。我反而大膽主張，換個角度，該書也可以改名為「全球化少年愛讀本」，因為當代的吳繼文身置全球化時代，就連昔日的《品花寶鑑》也明確顯露跨國交流的痕跡（書中明白指出西洋文化移入中土）。如何從世紀末躍向全球化，原來只在於主觀視野的轉移。

世紀末空間未必如同想像中的那般封閉——它們其實也列在全球化的地圖裡。中國傳頌的桃花源記之外，川端的《雪國》也以封閉性著名。已有許多議者指出，穿這長長隧道才得以抵達的《雪國》是個與世隔絕的封閉空間，允許主人翁逃避其中，排遣「徒勞」的怨嘆（徒勞，是川端的關鍵詞）。雖然《雪國》並非以世紀末為背景，但《雪國》展售了世紀末風情。《雪國》至今仍然是許多人認識（或誤識）日本文學的入門階，至少在美國學府之間一直是長銷書，恐怕正因為此書滿足了一代代全球化讀者「落花人獨立，微雨燕雙飛」的世紀末浪漫化想像。雖然我不是要否認《雪國》的文學成就，但必須指出，這種浪漫化的想像是一廂情願的。《雪國》並不是一個可以讓人遺世獨立的封閉桃花源，該地和該書其實正處於動蕩的日本地圖、全球地圖上。

《舞姬》和《雪國》大相逕庭。《雪國》像是爆炸案之前的天堂峇里島，而《舞姬》展示葬身火窟的峇里島。《舞姬》的時空已經不再封閉，反而千瘡百孔。《舞姬》遍布戰爭留下的痕跡：大學遭火事，校園醞釀興建陣亡學生紀念碑，人人幻想隨時可能在戰爭中死去，戰後想要學芭蕾舞的人口反而增加，如是等等。《舞姬》的書名也具有（跨國化的）多元歧義：它固然可以指書中的教舞老師（注意，不是日本傳統舞蹈，而是芭蕾舞），也可指習舞的下一代，指愛國的朝鮮舞蹈家，甚至也可指妖嬈的俄國舞星尼金斯基。雖然尼金斯基的遭遇和《舞姬》的故事線幾乎風馬牛不相及，但尼金斯基的創傷和精神病症無疑為《舞姬》的故事「提味」了。

川端的小說本來就以寫意見長，不在乎故事發展是否巧妙地環環相扣。他的小說不時閃現歧出離題的枝節，《舞姬》也是如此。不過，川端其他小說的離題可能是隨心所至的腳印，但《舞姬》的枝節卻讓人懷疑是否藏有（川端自己可能也不明白的）弦外之音。上述尼金斯基的生平是一例，插入《舞姬》的韓戰又是一例。故事的背景音樂插入美國介入朝鮮的消息，美國打算「也」對中國丟下原子彈，風聲鶴唳。《舞姬》文本暗示，戰敗的日本完全被國際勢力滲透，眾角色形同行屍走肉之餘，又不時被創傷的餘波所搖撼。《舞姬》也暗示，美國毒害了日本之後，接著就要向朝鮮以及中國下手了。眾人印象中的川端是去政治化的，不過《舞姬》此書卻非常政治。我甚至認為《舞姬》的國族主義傾向強烈，抱怨了美國霸權，也暗暗宣傳了大東亞共榮圈的立場（不過韓國和中國未必領情）——但這似乎可以理解，畢竟面對戰後廢墟，再超然的小說家也很難不採取國族主義本位的口吻。

如果《雪國》可以擴大解釋為日本鎖國的隱喻（雖然當時的日本一點也不封鎖），《舞姬》則不妨視為日本破國的寓言。不管是鎖國或是破國，日本都被形容成一個被動的角色，任人擺布。日本似乎只是受害者而已，無辜之至。但，川端愛國的筆觸也洩露了弦外之音：日本不只是受害者，而也是侵略者（川端自己可能沒有察覺自己說溜嘴）。

《舞姬》中的角色矢木對兒子說道：「……我回憶起北京人力車的鈴聲。我搭慣的人力車就裝了一個鈴兒，可以發出這種悅耳的聲音。北京的人力車車把很長，鈴兒裝在車把頂端，跑動起來叮鈴響，就像是遠方傳來的鈴聲。」

這段懷舊的話語，讓我想問兩個問題：一，日本人矢木留在（戰爭期間的）北京做什麼？他是不是也是參與戰爭的共犯？二，他在北京習慣乘坐人力車——那麼他在日本的交通工具是什麼？他對人力車的記憶，是不是強調了北京的落後（相較於日本的現代化）？交通工具一直是文學作品中現代化程度的標記，人力車並不只是交通工具而已。《舞姬》並沒有回答日本人在中日戰爭時留在日本做什麼、日本人一直眷戀北京人力車的理由是什麼，但《舞姬》的選擇性發言留給讀者不少政治化閱讀的空間。

以上我以《雪國》的世紀末對比《舞姬》的全球化，並且指出世紀末和全球化的互為表裡，是要強調文學作品的複雜性。我提出川端作品蘊藏的政治意涵，以及川端的愛國主義，重點不在於「指控」川端是日本國家主義甚至帝國主義的共謀者，而在於陳述小說家、作品、時代三者互相影響的糾纏關係。這種糾纏關係佐證了文學作品的複雜性。也因為如此，我一直不想去談川端的小說有多麼優美，因為其優美早已人云亦云，而且因為這種美麗的持續追尋勢必簡化了川端的複雜度。

之前說過，「創傷」是《舞姬》的主題。其實「創傷」（trauma，源自希臘文，本意「肉體受損」）早就是文學界的熱門議題，涵蓋了台灣的白色恐怖文學、中國的（文革後）傷痕文學、猶太人的浩劫後文學等等。除了這種社群的創傷之外，近來個人的創傷也受注意：如兒童性侵害、強暴等等的證詞。

在《舞姬》中，創傷至少有兩種：一是日本的創傷，另一是家庭的創傷。這兩者交織對話，彼此成為對方的寓言（allegory）。書中主要角色面臨的局面，幾乎是國破家亡。國破的證據在書中歷歷在目，在此按下不表；家亡則與不倫之戀密切相關，這整個家庭似乎終日等著垮台。當然書中除了主軸不倫之戀外，兒子的同性戀情愛似乎也是「國之將亡，必有妖孽」的徵兆（在此沒有貶意）。書中母親進行不倫之戀約會時，撞見兒子和妖氣甚重（如川端形容）的男孩約會，母與子不巧碰面，不知做賊的該不該喊抓賊。「畸戀」（包括不倫之戀）貫穿《舞姬》全書，似乎暗示就算是在世界末日，畸戀還是不可不談的。於是，我戲稱《舞姬》是「全球化不倫愛讀本」——而電影《廣島之戀》可稱為「全球化不倫愛映畫」了。

不過，國／家的創傷雖然平行發展，甚至互為寓言，但是兩者之間的對位並不平整。原因之一是，川端在太平盛世時，就一直寫各種「畸慈」。他在《舞姬》中寫不倫之戀的心，未必是受到日本戰敗的影響。川端小說中的家變是常數，國變才是變數。原因之二是，川端對於國家和個人並非一視同仁，而很可能是親近個人而疏遠國家。《舞姬》書末的一個鮮明意象可能就說明了這個崇尚個人而懷疑國家的態度：殘障軍人要自力救濟，卻受到權威的聲音所阻止。言下之意，當初為日本帝國主義出征的士兵也是受害者，而國家冷酷無情。

創傷議題複雜，不僅因為《舞姬》中的家變和國變看似平行卻未充分對位，也因為創傷帶來的時空錯置擾亂人心。就時間而言，在創傷發作的時刻（如原子彈爆炸的時候、強暴發生的時候），受害者往往一時楞住，不知如何反應，甚至不覺痛苦，直到水靜無痕之後，才發現痛苦來襲。「遲到」（belatedness），是創傷最奇異的特徵之一。事發時不痛，事後才痛，那麼究竟前者（事發時）才是創傷，還是後者（回憶時）才是，或者兩者都是？創傷一再反芻，像一波波惡夢撲來，讓人老想要嘔吐，但就算吐光了苦水還是有想吐的感覺。《舞姬》中，家人們納悶，在戰爭時家庭很團結，戰後家庭反而維持不下去，是為什麼呢？創傷的「遲到」或「一再遲到」，該是主因。另外，就空間而言，創傷的痛點時常「對不準」。可能你受傷，但是挨痛的人是我；你不在九二一地震現場，可是受苦的人是看電視報導的你。創傷像癌細胞一樣四處流竄，難以捉摸。正因為創傷在時間上的「遲到」和空間上的「對不準」，創傷像是會轉移陣地、延遲爆炸的地雷。如何掃雷，不但是《舞姬》中諸角色的難題，這難題也正橫陳我們面前。

在談過世紀末、全球化之後再談創傷，我突有異想：世紀末是不是創傷的其中一波，而全球化是世紀末的餘波？也就是說，全球化是「遲到」又「對不準」的世紀末產物？那麼，接下來是否又有一波波的陣痛追趕上來呢？在人心惶惶的時代，《舞姬》的故事讀起來似曾相識——原來，我們和川端一樣都活在廢墟程。

——紀大偉

目錄
contents

皇宮的護城河

十一月中旬，東京的日暮約莫在四點光景……

出租汽車發出煩人的噪音。一停車，車尾就冒出煙來。

這是一輛後邊載著炭包和柴袋的汽車。還掛著歪扭的舊水桶。

後面的車子鳴笛了。波子回過頭去，說了聲：

「可怕，太可怕了。」

她縮著肩膀，貼近竹原。

然後把手舉到胸前，好像要把臉掩藏起來。

竹原看見波子的指尖顫抖，不禁愕然。

「什麼？……怕什麼？」

「會被發現的，會被發現的啊。」

「噢……」

竹原心想：原來是為這事。他望了望波子。

汽車從日比谷公園後面駛入皇宮前廣場的交叉路口正中，這條路平時車輛來來往往，此時又適逢下班時間，更是人聲嘈雜、車水馬龍了。他們的車子後邊，停了兩、三輛車子，汽車從他們的左右川流不息地駛過去。

堵在後面的車子一往後倒車，車燈的亮光就射進他們兩人的車廂裏。波子胸前的寶石閃閃發光。

波子一身黑色西服裙，左胸前別了一個別針。是細長的葡萄形狀，藤蔓是白金，葉子是暗綠寶石，上面鑲了幾顆鑽石。

她掛著項鏈，還載上了珍珠耳環。

珍珠耳環掩映在黑髮之中，隱約可見。珍珠項鏈在白色罩衫的花邊點綴之下，不那麼顯眼。可能是花邊素白，也帶點珍珠色吧。

花邊質地柔軟而美觀，一直點綴到胸脯的下方。這使她顯得更年輕了。

裝飾著同樣花邊的領子，豎得不高不低，領子從耳下部位開始波形折疊，向前推進形成圓形，領子較高，恍如微波在細長的脖頸四周蕩漾。

波子胸前的寶石，在微光中閃爍，彷彿對著竹原傾訴衷腸。

「妳說會被發現，在這種地方會被誰發現呢？」

「矢木……還有高男……高男是他父親的寵兒，監視著我呢。」

「妳丈夫不是去京都了嗎？」

「誰知道呢。而且，他隨時會回來的。」

波子搖了搖頭，

「都是你讓我坐這種車。老早以前，你就淨做這種事。」

車子帶著煩人的噪音又啟動了。

「啊，開動了。」波子嘟囔了一句。

交通警察看見了車子在交叉路口正中拋錨冒煙，也沒走過來干涉。可見停留的時間很短暫。

波子左手捂住臉頰，彷彿恐怖的神色還殘留在她的臉頰上。

「妳埋怨讓妳坐這種車子……」

竹原說，

「可是，妳從公會堂出來就慌慌張張，好像要撥開人群逃跑似的。」

「是嗎？我自己並不覺得。也許是那樣吧。」

波子把頭耷拉下來。

「就說今天吧，我出門的時候，突然想起要戴兩只戒指。」

「戒指？」

「對，是丈夫的財產……假如遇見我丈夫，他發現自己不在期間寶石還在，會感到高興的……」波子說。

這時，車子發出的煩人的噪音又停息了。

這回，司機走下車了。

竹原望了望波子的戒指，說：

「原來妳戴寶石戒指，是準備讓矢木發現啊。」

「嗯。可也不是那麼明確……只是突然想起。」

「真叫人吃驚。」

波子好像沒聽見竹原的聲音，說：

「真討厭啊，這車子……準是哪裡故障了。可怕啊。」

「一個勁地冒煙哩。」

竹原從車後窗望去，

「好像是在打開爐蓋搧火呢。」

「真是輛老牛破車啊。不能下車走走嗎？」

「只好先下車吧。」

竹原打開了雛開的車門。

這是在通往皇宮前廣場的護城河橋上。

竹原走到司機跟前，回頭望了望波子。

「急著回家嗎？」

「不，不要緊。」

司機把一條舊的長鐵棍捅到爐膛裏，稀哩嘩啦地轉動著。大概是想把火弄旺吧。

波子低頭俯視護城河的河水，像是要避開別人的眼目。竹原一靠過來，她便說：

「今晚，家裏大概只有品子一個人。我回家晚了，那孩子會噙著眼淚問：您怎麼啦，上哪兒去了？不過，她只是出於擔心，不像高男，是在監視我。」

「是嗎。剛才妳談到寶石戒指的事，可真叫人吃驚啊。寶石本來就是妳的東西，妳家的生活依然是一切靠妳的力量在維持嘛。」

「是啊，雖然力量微薄……」

「真是不像話。」

竹原望著波子有氣無力的樣子，

「妳丈夫的心情，我實在不理解。」

「這是矢木家的家風呀。結婚以後，一天變化也沒有，已經變成習慣了。你不是老早就知道的嗎？」波子繼續說，

「也許結婚前就是那樣子。從我婆婆那輩起……公公早死，是靠婆婆一個女人家供給矢木讀書的。」

「可現在情況不同啊。再說，戰前他們是靠妳的陪嫁才得以過寬裕的生活，現在的情況與那時不能相提並論。矢木應該很瞭解的嘛。」

「這我知道。不過，人麼，各有各的悲哀。矢木常這麼說。過分悲傷，在其他事情上就難免會熟視無睹，也會做出一些不得已的事來。這點，我也深有同感。」

「真無聊。矢木悲傷些什麼，我不知道……」

「矢木說：日本戰敗，他的憧憬也幻滅了。他自己就是舊日本的孤魂……」

「哼，這個孤魂嘟嘟噥噥地企圖對波子養家活口的辛勞視而不見嗎？……」

「豈止視而不見。東西一少，矢木就惶惶不安，手足失措。因此他監視著我。就連花零錢他都抱怨吶。極其無聊的時候，我曾想矢木是不是打算自殺呢。我很害怕。」

竹原也有點毛骨悚然。

「於是妳就戴兩只戒指出門，是嗎？……矢木並不是幽靈麼，妳可能是被什麼幽靈附身了。寵兒高男對自己父親的卑怯態度，不知是怎麼個看法呢？他已經不是孩子了吧。」

「嗯。他似乎很苦惱。在這點上，他同情我。他看到我工作，就說他要休學、開始上班。這孩子一貫把他父親看作學者，絕對尊敬，要是懷疑起父親來，會變成什麼樣子呢。太可怕了。不過，這種話，在這種地方，已經……」

「是啊，反正洗耳恭聽吧。但是，我不忍心看見妳剛才害怕矢木的樣子。」

「對不起，已經不要緊了。我的恐怖症經常發作，像癲癇，或歇斯底里……」

「是嗎？」竹原半信半疑地說。

「真的。剛才一停車我就受不了。現在已經沒事了。」

波子說著抬起臉來，

「晚霞真美啊！」

天空的色彩也輝映在珍珠項鏈上。

一連兩、三天，上午放晴，下午薄雲輕飄。

真是名副其實的薄雲。日暮時分，西邊的天空，雲彩溶進了晚霞。暮靄夾著薄霧幻化出美妙的色彩。是由於雲彩的關係吧。

黃昏的天空，霧靄迷濛，彷彿罩上一層淡紅的輕紗，驅趕著白天的熱氣，帶來了秋夜的涼意。晚霞黃澄澄的，恰好給人以這種感覺。

黃澄澄的天空，有的地方特別紅，有的地方成為淺紅，還有少數地方是淺紫、淺藍，五光十色，互相溶進了晚霧之中，霧幕眼看著緩緩地低垂下來，雲彩迅速飄逝了。

皇宮森林的樹梢上，只剩下一窄條細長的藍色天空，活像一根飄帶。

晚霞的色彩，一點也沒映在這藍色的天空上。黑黝黝的深沉森林，同紅彤彤的停滯晚霞之間，劃了一道鮮明的界限，那細長的藍色天空，顯得遙遠、靜謐而清澈，哀婉動人。

「多美的晚霞啊！」

竹原也這樣說道。這不過是重複了波子的話。

竹原惦記著波子，他只是想：晚霞不過就是這樣的東西。

波子依然凝望著天空。

「往後到了冬天，晚霞就多了。晚霞能令人回憶起童年的往事，不是嗎？」

「是啊……」

「冬天雖然寒冷，我卻願意在外面觀賞晚霞，常挨家裏人說：要感冒的呀。啊……我有時也在想，自己喜歡凝視晚霞，是不是也受了矢木的感染呢。不過，我打孩提起，就是這個樣子。」

波子回頭望著竹原說，

「說也奇怪，剛才走進日比谷公會堂之前，看到四、五棵銀杏樹，公園的出口也有四、五棵銀杏樹吧。這些樹並排屹立，都相差無幾，但凋黃的程度卻因樹而異。落葉也有多有少。如此看來，樹木也有各自不同的命運嗎……」

竹原沉默不語。

「我在茫然地思考著銀杏樹的命運之際，車子就嗄噠嗄噠地停住了。我嚇了一跳，害怕起來。」

波子說著，望了望車子。

「看樣子一時半刻不會修好。就是要等，站在這邊，人家該瞧見了；還是到對面去吧。」

竹原向司機打了招呼，付過車錢，回頭看時，波子已經穿過馬路，只見她那邁著輕盈而矯健腳步的背影了。

對面護城河盡頭的正面，麥克阿瑟司令部[1]的屋頂上，剛剛還掛著的美國國

1 原名為「盟國駐日占領軍總司令部」，是美國在日本投降後，於一九四五年八月十三日在日本東京設置的機構，有關占領日本的政策都由它發出，通過日本政府執行。第一任總司令為麥克阿瑟。

旗和聯合國國旗，這會兒已經看不見了。可能正好是降旗的時間吧。
而且，司令部上空的東邊天際，晚霞已經消失。薄雲也飄散在遙遠的天邊了。
竹原知道波子容易感情激動。他望著她以矯健步伐走路的背影，心想：波子自己所說的「恐怖症發作」大概消失了。
竹原也到了馬路的對面，輕聲地說：
「這樣輕盈地橫越過車流，不愧是舞蹈演員，訓練有素啊。」
「是嗎？你在取笑我？」
波子遲疑了一下，接著又說，
「我也揶揄你一句，怎麼樣？……」
「嘲笑我嗎？」
波子點點頭，然後把腦袋耷拉下來。

司令部的白牆，從正面倒映在護城河上。窗上的燈光，映在水中。

但是，房子的白影朦朦朧朧的，不知不覺間，水上彷彿只留下了燈影。

「竹原，你幸福嗎？」

波子喃喃地說。

竹原調轉頭，一聲不響。波子緋紅了臉。

「現在你不再這樣問我了吧？從前不知這樣問過我多少次呢。」

「是啊，那是二十年前的事了。」

「已經有二十年沒問了。這回，輪到我來問你啦。」

「就拿這個來取笑我？……」

竹原笑了，

「現在不問也明白了。」

「從前你不明白嗎？」

「那個嘛，我也明白，過去我是故意問妳的。對幸福的人，大概是不會問『妳幸福嗎』的。」

竹原邊說邊向皇宮的方向走去。

「我覺得妳結婚，是我的錯誤。所以在妳結婚以前，以及結婚之後，我都問了。」

波子點了點頭。

「那是在什麼時候？是在西班牙女舞蹈家來訪、妳婚後第五個年頭吧。一次在日比谷公會堂的偶然相遇。妳的座位是二樓前排的招待席。和妳在一起的還有妳的芭蕾舞夥伴與妳的丈夫。而我卻躲在後邊的座位上。妳一發現我，就毫無顧忌地走了過來，坐在我旁邊的座位上。落座後就不曾移動過。我說：這樣做對妳丈夫和朋友都不好，還是回到原來的座位上吧。妳卻說：請讓我坐在你身邊，我會一聲不吭，老老實實地……就這樣，妳在我旁邊，一動不動地坐了兩個小時，直到散場。」

「是這樣。」

「我很吃驚。矢木有點介意，不時回頭張望我們這邊，妳還是不過去。那時候，我真不知如何是好啊。」

波子放慢腳步，忽然站住了。

在皇宮前廣場的入口處，告示牌跳入了竹原的眼簾：

（公園是公共場所，請保持園內的整潔……）

「這裏也是公園？足以成為公園嗎！」

竹原看見厚生省國立公園部的告示牌以後說。

波子望著廣場的遠方。

「戰爭期間，我家的高男和品子，是小小的中學生和女學生，他們經常從學校到這兒來運土、割草。一說要去宮城前邊，矢木就用冷水給孩子們淨身。」

「那時候矢木是會這樣做。這宮城，現在不叫宮城，而稱做皇宮了。」

皇宮上空，淡淡的晚霞與灰色融化在一起了。東邊的天際反而殘留著白晝的明亮。

細小的藍空，彷彿給皇宮森林鑲上了一道邊，尚未完全黑下來。它帶著鉛色，顯得更加深沉。

三、四株挺拔的松樹高高地伸向那片細小的天空，在落日的餘輝中，勾勒出墨色的松姿。

波子邊走邊說：

「天黑得真快啊。從日比谷公園出來的時候，國會議事堂的塔還染著桃紅色呢。」

國會議事堂早已籠罩在晚霞之中，頂上的紅燈忽明忽暗。

右邊的空軍司令部和總司令部的屋頂上，紅燈也是或明或暗。

透過護城河土堤上的松樹，可以看見總司令部窗前閃閃爍爍的亮光。在昏暗的松樹下，幾對情侶幽會的姿影還隱約可見。

波子停住了腳步，躊躇不前。淒愴的幽會的剪影，也躍入了竹原的眼簾。

「太寂寞了，繞到對面的馬路去吧。」波子說。

兩人又折了回來。

看到幽會的人影，他們兩人都察覺到自己也是像幽會那樣漫步街頭的。

儘管是竹原送波子到東京站的途中、車子發生了故障，他們才步行起來，但這次是波子主動打電話邀竹原到日比谷公會堂聽音樂會的，無疑兩人從一開始就是幽會。

然而，兩人都已是四十開外了。

談往事，自然談到愛情。就是談波子的境遇，聽起來也是一種愛的傾訴。多少歲月，在他們之間流逝了。這些歲月，把他們串在一起，又把他們分隔開來。

「你說不知如何是好，不知如何是好什麼？」

波子問了一句，又把話題拉回來。

「對，那時候……我年輕，我不知如何判斷妳的心理呢。妳把矢木撇在一邊，一直坐在我的身旁，這是相當大膽的舉動。波子，妳怎麼會這麼堅決呢？回想起來，從前妳有時候也熱情奔放得令人吃驚啊。我覺得或許這就是那種表現。肯定是吧……」

「剛才，妳自己說過『發作』，假使那時候和剛才，都是感情的發作，那可就大不相同了。那時候妳無視自己的丈夫在場，今天妳丈夫理應還在京都，妳卻如此懼怕……」

竹原說，

「那時候，如果兩個人悄悄地從公會堂逃出來，可能就好了。當時我還沒結婚呢。」

「可是，我已經有了孩子。」

「更重要的，也許是我也犯了個錯誤，只想到波子的幸福。那時候我年輕，相信女人一旦結了婚，她的幸福就只有在其結婚生活中尋求……」

「現在也是如此嘛。」

「話雖那麼說，但也不盡然。」

竹原輕聲而有力地說，

「那時候妳能離開矢木、坐到我身邊，也是因為妳的婚姻幸福而平和，才有可能這樣做吧。妳對矢木放心、信任矢木，才容許這種感情自由馳騁，不是嗎？我也是那樣認為。只不過是妳看見我，忽然變得親切罷了。坐到我身邊來，妳並不感到對不起矢木。而妳一直動也不動地坐在我的身邊，這是不正常的。妳什麼也沒說。我不能看妳的臉，連目光也不敢斜視，當時我不知如何是好呢。」

波子默不作聲。

「還有矢木的外表。像他那樣一位敦厚的美男子，見過他的人，誰都想像不到他的妻子會有什麼不幸。假使是不幸，人們定會認為是妻子不好。現在也是這樣吧。記得前年還是大前年，我承租妳家廂房那陣子，有一回妳沒錢交電費，我便將自己的工資袋遞給妳，妳撲簌簌地掉下淚來。妳說工資袋還沒啟封……又說妳婚後一次也不曾見過丈夫的工資……我大吃一驚。就是那時，我首先想到的，也是妳過去的做法不對。可見矢木表面看來是多麼高尚。何況從前你們兩人一從哪兒經過，人們都要回頭張望呢。儘管我認為你們結婚的出發點是錯誤的，我之所以問妳『幸福嗎』，也是因為我懷疑自己的眼睛。波子，妳沒有作答，我覺得這也理所當然。」

「竹原，你不是也沒有回答嗎？」

「我？」

「嗯，剛才我問過你嘛。」

「我們是平凡的。」

「還有平凡的結婚嗎？你在騙人。每一個結婚的人都是非凡的。」

「我不像矢木，我不是非凡的人……」

竹原像要轉換談話的方向。

「不對。就以我的校友來說，大致上都是這樣，並不是哪個人非凡，結婚也就非凡。平凡的人，只要兩人結合，結婚就變成是非凡的了。」

「高見。」

「張口就說高見，什麼時候它成了你的口頭禪了？……就像上年紀的人總愛有意把話岔開，不是令人討厭嗎？」

波子顯得很溫柔，揚了揚眉毛，瞟了一眼竹原的臉，

「總是讓你聽我講家裏人的情況。」

波子自己決定讓他把話岔開。

她急不可待地步步進逼，還是沒能引出竹原有家庭的話題。

「那部車子還停在那裏冒煙吶。」

波子笑了。

月牙在日比谷公園的上空露面了。大概是初三、初四的月亮吧。月牙彎彎，不偏不倚地懸掛在蒼穹。

兩人來到護城河邊。

他們止住腳步，凝望著倒映在水中的燈光。

司令部窗裏的燈光，從正面投在水面上，搖曳著長長的燈影。右岸林立的柳樹，左邊稍高的石崖，再加上松樹，都在燈影的旁邊落下微暗的影子。

「今年的中秋節，是九月二十五日還是二十六日呢？」

波子問道。

「報上登了這裏的圖片。拍攝了司令部上空的滿月……還有這燈影。只有那排窗子，光柱雖也倒映在水面上，可上面又出現一道光彩，那像是明月的影子。」

「新聞圖片能看得這麼細微嗎？」

「嗯，圖片雖像明信片，卻留在我的印象裏。把那城牆般的石崖和松樹也都拍了下來。照相機大概是安放在柳樹叢中吧。」

竹原感到了秋夜的氣息，像在催促波子似的，邊走邊嘟噥說：

「妳對女兒也說這種話嗎？這會使她變得脆弱的。」

「脆弱？……就說我吧，是那樣脆弱嗎？」

「出現在舞臺上的品子是很堅強，可往後若像母親，就不好辦囉。」

他們經過護城河，往左拐去。一隊巡警從日比谷那邊走過來。只見他們皮帶上的金屬釦閃閃發光。

波子讓路，往竹原靠近，幾乎要抓住他的胳膊。

「因此，希望你能保護品子，給她力量。」

「比起品子來，妳？……」

「以往我在各方面都依靠你的力量，不是嗎？多虧你的幫助，我才在日本橋有了自己的排練場……再說，現在你能保護品子，就等於是保護我呀。」

波子躲開巡警隊，趁勢沿著岸柳往前走。

垂柳的小葉，幾乎還沒枯萎凋落。

然而，電車道兩旁的梧桐樹，靠這邊的樹葉子只是微黃，對面同樣是梧桐，葉子卻已經完全落光，成了一株株禿樹了。可能因為這邊的樹是公園樹叢的關係吧。仔細一看，這邊的行道樹，有的基本凋落，有的依然蒼翠，兩種樹混雜生長。

竹原想起波子說的話：「樹木也有各自的命運……」

「假使沒有戰爭，品子這會兒可能在英國或法國的芭蕾舞學校跳舞啦。說不定我也跟著去呢。」波子說。

「那孩子虛度了寶貴的學習年華，無可挽回了。」

「品子還年輕，就是今後也還……可是波子，妳也曾考慮過這種逃脫辦法吧。」

「逃脫？……」

「從婚姻中逃脫……離開矢木，逃到國外……」

「噢。那……我淨想品子的事，因為我就是為了女兒才活著的……如今依然如此……」

「把精神全部寄託在孩子身上，是母親的逃脫辦法啊。」

「是嗎？不過，我的情況更嚴重，幾乎瘋了。品子成為芭蕾舞演員，是完成我未竟的夢……品子就是我啊。我們常常搞不清楚，究竟是我成了品子的犧牲品，還是我犧牲了品子。不管哪種情況，都很好嘛。一想起這些事，就曉得自己能力有限，不行啊。」

波子不由得低下了頭。

「瞧，鯉魚，白鯉魚。」

波子一邊大聲說，一邊凝望著護城河。她撥開垂到臉上和肩上的柳枝。來到日比谷的交叉路口，就到了護城河的拐角處。

拐角處的水中，一尾白鯉魚一動不動，不浮不沉，在水中漂蕩。由於這裏是拐角，垃圾淤積，只有這兒的河水淺可見底。落葉也沉了下來，同鯉魚一樣，在水中一動不動。也有梧桐的落葉。波子撥開的柳枝上的葉子，也飄落在水面上。水很渾濁，呈淺黃色。

竹原也借著司令部窗前的燈光，低頭看了看鯉魚，就退到後邊，直勾勾地望著波子的背影。

波子的黑裙下襬收攏得特別窄小，從腰枝到腿腳露出修長的線條。

青春時代，波子起舞的時候，竹原就看過這種線條。這是使他心曠神怡的線條。這女子的線條，現在也沒有什麼改變。

波子夜間觀賞護城河的鯉魚。竹原盯視著她的背影，心想：這算怎麼回事，實在叫人受不了。

「波子，這種玩意兒，妳要看到什麼時候？」

他大喊了一聲，

「算了，別看啦。妳不能看這種玩意兒。」

「為什麼？」

波子轉身從柳蔭下回到了人行道上。

「這樣小的鯉魚，即使有一尾，誰也不會去看的啊。妳卻看到了……」

「儘管誰也沒發現，誰也不知道，但這尾鯉魚確是在這裏生存下來了。」
「妳就是這種人。專愛發現什麼孤零零的鯉魚……」
「也許是吧。不過，這鯉魚在寬闊的護城河裏，偏偏選中過往行人多的拐角，在這個角落上紋絲不動，你不覺得奇怪嗎？來往行人沒有發覺，以後對誰談及這尾鯉魚，恐怕誰都不會相認的吧。」
「那是因為發現它的人反常……也許魚游來，也是希望讓波子看的吧。孤獨之身，同病相憐啊。」
「對，那邊護城河有鯉魚，中央立著一塊告示牌，上面寫著『請愛護魚』。」
「噢，那很好。不是寫著『請愛護波子』嗎？」
竹原說著笑了起來。他望了望護城河的水面，彷彿在尋找告示牌。
「在那邊呢。你連告示牌也沒看見嗎？」波子邊笑邊說。
一輛美國軍用汽車開到他們兩人身旁，車上坐著美國人，有男有女。

美國的新型汽車，在人行道旁排成長長的一行。一輛接一輛地駛過去。

「竟在這種地方觀賞可憐的魚，這樣可不行啊。」

竹原又說，

「妳早就應該改掉這種性格。」

「是啊，為了品子也應該……」

「也為了波子自己……」

波子沉默了一會兒，平靜地說：

「我決心賣掉我們家的廂房，雖然這不只是為了品子。那是你以前租賃過的廂房，所以在賣掉之前，我想和你談談……」

「是嗎。那麼我買下來吧。這樣，也許將來妳想賣正房的時候，更好辦點兒。」

「真的？你這是突然想到的主意嗎？」

「這，實在對不起。」

竹原表示歉意似的，

「我搶先說了，失禮了……」

「不，正如你所說，正房早晚也是要賣掉的。」

「到了那個時候，正房的買主一定很介意廂房是什麼樣的人在居住呢。雖說是廂房，都在一個宅院之內，連說話的聲音都聽得見。先賣廂房，日後正房說不定就很難賣出去了。我買下廂房的話，等妳賣正房時，也可以一起買過去……」

「噢……」

「不過，與其出售廂房，不如把四谷見附那塊廢墟賣掉更好。那裏雜草叢生，只剩下殘垣斷壁。」

「噢。可是將來，我想在那裏修建品子的舞蹈研究所……」

竹原才想說應該是修建不起來，轉念又說道：

「不一定非要在那裏不可嘛。修建的時候，可以再找個更好的地方呀。」

「是啊。可是那塊土地充滿了我和品子的舞蹈理想。打我年輕、品子幼年的時候起，我們跳舞的靈感都在那裏產生。我常常在那裏看見各種舞蹈的幻影。不能把那塊土地交給別人。」

「是嗎？……那麼，就不要把廂房分開賣囉。這種時候，不如將北鎌倉的宅邸一起賣掉，然後在四谷見附興建一座兼帶研究所的宅邸……這是有可能的。我的工作若按現在這種情況發展，是可以助妳微薄之力。」

「可是，我丈夫怎麼也不同意我把它賣掉。」

「但是，這要看妳的決心囉。倘使不堅決行動，研究所不可能輕易修建起來。我認為，現在正是機會。光靠變賣衣物維持生活，最後什麼都不會剩下來。據說，舞蹈家由於沒有好的排練場，十分苦惱，倘使現在就興建一所頗具規模的研究所，還可以讓其他舞蹈家使用，這對品子不是很有好處嗎？」

「矢木是不會允許的呀。」

波子有氣無力地說，

「即使對他說，他會照例『唔』的應一聲，露出一副深思的樣子。從前我以為他真是個深謀遠慮的人，總是『唔，是嗎？』……煞有介事，誰知他就在這時候打起小算盤來了。」

「不至於吧……」

「我覺得肯定是那樣。」

竹原回頭望了望波子。波子的目光和他的相遇。

「不過，我覺得你這個人也很不可思議。我無論和你商量什麼事，你都能當機立斷，從不曾感到為難。」

「是這樣嗎。不是我對妳沒有打小算盤，就是我變成了凡夫俗子了吧？」

波子沒有從竹原的臉上移開自己的視線。

「可是，你買了我家的廂家，打算做什麼用呢？……」

「做什麼用，我還沒想好。」

竹原又半開玩笑地說，

「其實我是被矢木體面地從廂房裏攆出來的，如果我把它買下來，就住進去，報復一下矢木。但是，矢木是不會把房子賣給我的。」

「這是矢木的事了。說不定他會打算盤，出乎意料地願意出售呢。」

「矢木從來不曾打過算盤吧，不是嗎？打算盤始終都是波子的任務吧。」

「是啊。」

「不過，正如妳所說的，矢木是個紳士，即使是賣給我也沒關係。就是在夢裏他也不會流露出妒忌的神色……假如不賣給我，他又怕世人認為他吃醋呢。這是他所討厭的。你們之間，究竟存不存在妒忌呢？你們彼此都不流露出來，旁觀者都覺得有點害怕了。令人感到這是暴風雨前夕的靜謐……」

波子默不作聲，冰冷的火焰在心底裏顫動著。

「我想把妳家的廂房買下來，並不是有什麼大的企圖，只不過覺得，時不時在那間廂房裏出現、成為矢木的眼中釘，倒也有意思。我想剝掉矢木偽君子的外衣……不過，比起矢木的妒忌來，勢必首先要折磨妳波子啊。像這樣處在你們兩人之間，我的心情是平靜不了的。」

「不管你在哪裡，我的痛苦都是一樣的。」

「為我痛苦？……」

「也有這種成分。還有其他的痛苦。我剛才說把房子賣掉、修建舞蹈研究所，為女兒固然好，可高男怎麼辦？高男是個模仿性很強的孩子，他老學著他父親的樣子。若是為高男設身處地想一想，這也許也很合理，我淨偏愛品子的芭蕾舞，她的成績很容易就超過弟弟……」

「是啊，不注意可不行。」

「再加上舞蹈團幹事沼田執拗地從中挑撥，離間我們四個人。甚至在我和品子之間……弄得我們四分五裂，企圖把我當成玩物，將品子當作犧牲品。」

那岸邊的柳樹叢中，也立著一塊告示牌。

（請愛護魚）

司令部正前面，也許是窗前燈光璀璨的緣故，看不見倒影，只有這裏，才比較清楚地看到對岸的松樹和這邊的柳樹倒映在護城河水面上的影子。

窗前的亮光隱隱約約地一直照到對岸石崖的角落上。那石崖上，閃爍著幽會男子抽菸的火光。

「可怕。哦，矢木是不是就坐在剛剛疾駛過去的那輛車上……」

波子突然聳了聳肩。

母親的愛女與父親的寵兒

矢木元男帶著兒子高男走出上野博物館。

父親在石門正中停住了腳步。他剛才欣賞古代美術，眼睛都看花了，公園的樹木朦朦朧朧地跳入他的眼簾，他不由得佇立在那裏。古代美術的印象，還殘留在他的腦際，自然的景色使他感到一陣清新。

父親嘴角漾起一絲笑意，眺望著公園。高男從旁邊望了望他的父親。

父子倆相貌酷似。兒子比父親稍矮，面容清癯。

兒子望著才不見二十天的父親，覺得他很是了不起。

兩人是在雕塑陳列室裏碰面的。

矢木從二樓下來，剛走進雕塑室，就見到高男站在興福寺的沙羯羅像面前。

直到矢木走近，高男才回過頭來，他發現父親，有點不好意思。

「您回來了。」

「啊，回來了。」

矢木點點頭，

「怎麼回事呢？竟在這意想不到的地方碰見你。」

「我是來接您的呀。」

「來接我？……你怎麼知道我在這兒呢。」

「您信上說和博物館的人一起搭夜班車回來的嘛。我想：您大概不會直接回家，會繞到博物館來。上午我曾在家裏等您來著……」

「是嗎。那就謝謝你了。什麼時候收到信的？」

「今早……」

「正好趕上？」

「不過，今天是排練的日子，姊姊和媽媽出去了。信是在她們走後才收到的，她們不知道爸爸今天回來。」

「原來是這樣。」

兩人望著沙羯羅像，彷彿要避開彼此的視線似的。
「我想過，就是揣測到爸爸會來博物館，可又該在哪裡找到您呢？」
高男說。
「我決定在這沙竭羅像和須菩提像前等您，這主意不錯吧。」
「嗯，好主意。」
「爸爸一來博物館，在出館之前，總會到這興福寺的須菩提像和沙羯羅像前、佇立片刻吧。」
「是啊。站在這兒，腦筋就一下子清醒過來。就會靜靜地洗淨心頭的陰霾和汙濁。而且它還能為你解除疲勞和酸疼，使你感受到一種無法形容的溫暖。」
「我看，沙羯羅像的那副童顏，使人感到眉梢上凝聚著深情，不是有點像姊姊和媽媽的風采嗎？」
父親搖了搖頭。

矢木雖不以為然地搖了搖頭，臉色卻倏地變柔和了。

「是這樣嗎。你很了不起，好歹感到母親和品子有點像天平時代[2]的佛像。對著兩尊佛像，它們多少也會變得親切的啊。但是，沙羯羅不是女的。女人沒有這樣的面孔。沙羯羅是個少年哩。是東方的聖少年，英姿颯爽地屹立著。可以想像天平的奈良首都有這樣的少年。須菩提也是。」

「嗯。」

高男點點頭，

「我等爸爸時，在沙羯羅像和須菩提像前站了好一陣子，它們看起來有點哀傷……」

2 天平時代，奈良時代後期，即指建都平城（奈良）的七一〇—七九四年的文化史，特別是美術史上的時代。

「唔，兩尊都是乾漆像。工匠用乾漆作雕刻的素材，可能容易表現出抒情性吧。這天真無邪的少年像也表現出日本的哀愁。」

「姊姊也經常動著上眼皮，時不時皺起眉頭，露出哀愁的眼神，有點像這尊少年像哩。」

「對啊。不過，把深情凝聚在眉梢上，是雕塑佛像的一種方法呢。這尊沙羯羅像的夥伴、八部眾神[3]中的阿修羅像，以及同須菩提像一樣是釋迦牟尼的十大弟子中的好幾尊像，都是雙眉顰蹙的。而這尊沙羯羅像被塑成可憐的童形，它是八大龍王之一，實際上就是龍。龍守護佛法，具有無邊的威力，是水之王。這尊像也蘊含著這種力量。纏在肩上的蛇，在少年的頭上揚起鐮刀形的脖頸。那造型確是像人，和藹可親，看起來好像某某人。這樣寫實的東西是永恆理想的象徵，在可愛的天真爛漫的表情之中，蘊含著澄澈的大慈大悲，靜中帶動，凝聚著深沉的力量。很遺憾，在智慧的深度上，和我們家的女性是大不相同啊。」

兩人從沙羯羅像移到須菩提像面前。

須菩提像的模樣像是若無其事似的，以其自然的姿勢佇立著。

這兩尊立像，沙羯羅像高五尺一寸五分，須菩提像高四尺八寸五分。

須菩提身披袈裟，右手拿著左邊的袖口、腳蹬草屐，安詳地站在岩石座上，文質彬彬，帶著幾許寂寥。在這具世上常見的、純潔而和藹的佛像頭部和童顏上，表露了令人懷念的、永恆的東西。

矢木一聲不言地離開了須菩提像，走出大門。

正門突出的巨大石柱，宛如一個堅實的畫框，將博物館的前院和上野公園鑲了進去。

高男的父親佇立在這座石門中央的花崗岩石板上。高男覺得，父親作為日本人，看樣子並不稀奇寒磣。

「在京都運氣很好，接連參加了考古學會和美術史學會兩類的活動。」

高男的父親說罷，慢條斯理地將長髮攏了上去，戴上帽子。

矢木口中在京都出席了考古學會和美術史學會的活動，其實只不過是由學會主辦、安排參觀個人的展品罷了。

矢木不是專門的考古學者，也不是美術史學家。

矢木也曾把考古學的參考品當作古代美術品來觀賞，但他是大學國文學系畢業，大概是日本文學史家吧。

戰爭期間，他曾寫過一本題為《吉野朝的文學》，並作為學位論文，提交給當時舉辦講座的私立大學。

矢木調查了南朝人在戰爭失敗以後，飄泊到吉野山各處，維護、傳播並憧憬王朝的傳統等有關文學和史實。寫到南朝的天皇研究《源氏物語》[4]時，矢木潸然淚下。

矢木歷訪了北畠親房[5]的遺跡，沿著《梨花集》[6]作者宗良親王的流浪旅程，一直到了信濃。

根據矢木的看法，聖德太子的飛鳥時代、足利義政的東山時代等自不消說，聖武天皇的天平時代、藤原道長的王朝時代等也決不是和平的時代。人類鬥爭的長河，激起了一朵朵美麗的浪花。

矢木在閱讀了原勝郎博士的《日本中世史》等書之後，才看出藤原時代的

4《源氏物語》是日本最早的長篇小說，描寫平安王朝宮廷內部的權力鬥爭和奢侈生活，以及婦女的悲慘遭遇。作者是紫式部（九七八？—一〇一五）。

5 北畠親房（一二九三—一三五四），日本南北朝的廷臣，學者。

6《梨花集》，日本後醍醐天皇的皇子宗良親王（一三一一—一三八四）晚年撰寫的歌集。

黑暗。

另外，矢木現在正在撰寫的《美女佛》研究，許多地方是受到了矢代幸雄[7]博士所著的《日本美術的特點》等有關美學的啟迪。矢木原擬將《美女佛》命名為《東方的美神》，但是這畢竟與矢木博士的書名太相似，便決定不用「神」字而使用了「佛」一字。

日本戰敗後，「神」這個詞也曾使矢木遭受到痛苦，伴隨而來的，就是自己感到內疚。今天《吉野朝的文學》也成了一本哀傷戰敗的書，當然這是把皇室看作日本之美的傳統，當作神來看待的。

矢木的《美女佛》，主要是寫觀音。但除了觀音，還順帶寫了彌勒、藥師、普賢、吉祥天女等帶有女性美的諸佛，嘗試著從這些佛像和佛畫中，吸取日本人的精神和美。

矢木不是佛教學者，也不是美術史家。無論哪方面，他的研究都算膚淺。但是，《美女佛》將會成為與眾不同的日本文學論。矢木覺得自己還是能寫文學論的。

作為國文學者，矢木也許是博學多才的。

矢木是窮學生出身，同波子結婚的時候，他連女學生喜歡的中宮寺的觀音像都一無所知，也不曾去過供有彌勒像的京都廣隆寺。沒看過蕪村[8]的畫，只學了蕪村的俳句。他大學國文學系畢業，卻比女學生波子更沒有日本文化素養。

「名古屋的德川家展出《源氏物語畫卷》，去參觀一下子好呢。」波子說罷把乳母喚來，讓她拿出旅費來了。波子的乳母當時擔任他們的會計。

矢木漸愧、懊惱的心緒透入了骨髓。

---

7 矢代幸雄（一八九〇——一九七五），日本美術史家、美術評論家。

8 蕪村，即與謝蕪村（一七一六——一七八三），日本俳句詩人、畫家。

博物館裏舉辦了南畫（文人畫）的名作展覽。

昔日，矢木研究蕪村的俳句，卻不瞭解他的畫。展覽會上當然也展出了蕪村的南畫。

「你看過二樓的南畫了嗎？」

矢木問高男說。

「只是走馬觀花地瀏覽了一遍。我老惦記著父親什麼時候會到佛像這邊來，其他未能細看……」

「是嗎？太可惜了。今天，我還有個約會，恐怕沒有時間了。」

父親從口袋裏掏出懷錶看了看。

這是倫敦史密斯公司的老式銀懷錶，只輕輕按按邊上的錶把，它就在矢木的衣兜裏敲響了三點鐘。然後兩聲兩聲地連響兩次。每響兩聲是十五分鐘，從響聲可以判明現在大概是三點半左右。

「這種錶給宮城道雄這樣的盲人使用，一定很方便。」

矢木常常這麼說。這是走暗路或是夜裏睡覺時使用的懷錶。

矢木有一塊自鳴懷錶。高男曾聽父親說過：一次慶祝某人著作出版，某人在會上作長篇席間致辭，講得正熱烈的時候，矢木衣兜裏的懷錶叮鈴鈴地響起來，實在很有意思。

如今高男一聽見父親胸兜裏的懷錶響起了八音盒般清脆的懷錶聲音，能遇見父親，他也就高興起來了。

「我還以為您從這兒直接回家呢。您還要繞到哪兒去呢？」

「唔，晚上搭火車睡得很香。不過，高男，你一起來也行啊。我應教科書書商的邀請，就平安朝文學和佛教美術之間的交流問題，寫了點東西，據說他們準備編入國語教科書裏呢。他們和我商量省略太專門的部分，寫成通俗的詞藻華麗的文章。然後還指定插圖。」

矢木從正門前的石階走下去，凝望著百合樹的落葉。百合的葉子很大，很像橡樹。靠近石頭門，只立著這株好看的樹，深黃色的樹葉，灑滿了庭院，猶如年老的國王站在那裏，寂靜無聲。

「儘管我的文章精華部分被刪掉了，還是能夠感受到藤原[9]美術的存在。我想，這對學生們閱讀藤原的文學將有所啟迪。」

矢木接著說，

「蕪村的畫怎麼樣？高男你也沒有看過他的畫，只從國語課本上學過他的俳句……」

「嗯，我覺得華山[10]好極了。」

「是渡邊華山嗎？是啊，不管怎麼說，南畫方面，大雅[11]是個天才。不過，華山很受當代年輕人的推崇……在那個時代，華山對西方藝術很好奇，吸收了西方藝術並且作出新的努力……」

矢木從博物館的正門走出來，說了聲：

「哦，我還要會見沼田呢。他是品子的舞蹈團幹事……」

他們搭中央線電車直達四谷見附。

他們打算橫越馬路向聖伊格納西奧教會的方向走去，便站在路旁等待車輛魚貫而過。高男揚了揚眉毛說：

「那位幹事，我討厭透了。下次他若是再對母親和姊姊說些不三不四的話，我就跟他決鬥……」

「決鬥？太過激烈了。」

9 藤原，即藤原隆信，平安朝末期的宮廷畫家，後世相傳是《源氏物語畫卷》的作者。
10 渡邊華山（一七九三—一八四一），幕府末期的南畫家。
11 即池大雅（一七二三—一七七六），江戶中期的南畫家。

矢木溫和地微微一笑。

但是，父親望了望兒子的臉，心想，這是當代青年愛使用的語言呢，還是高男性格的表現？

「真的，那種人不豁出性命跟他拼，是沒有辦法對付的。」

「對方既然是個無聊的傢伙，你這樣做不是太沒意思了嗎。白白豁出性命，太可惜了嘛。沼田很胖，肉墩墩的，憑你的瘦胳膊揮舞小刀，是捅不進去的。」

父親笑著望了望他。

高男做了個瞄準開槍的手勢。

「用這個就能對付他。」

「高男，你有手槍嗎？」

「沒有。不過，那玩意兒隨時可以向朋友借啊。」

兒子滿不在乎地回答了一句，父親不禁毛骨悚然。

高男溫順，喜歡模仿父親，但他內心深處隱藏著母親那種性格，有時可能會燃燒起病態之火。

「爸爸，咱們穿過去吧。」高男果決地說。

於是，他們趕在從新宿方向疾馳而來的出租汽車之前，跑了過去。

三三兩兩身穿制服的女學生微低下頭，走進聖伊格納西奧教堂，也許是馬路對面二葉學園的女學生，在放學回家之前來做祈禱吧。

他們從外護城河土堤的後面走去，矢木望了望教堂的牆壁。

「新教堂的牆上，也投下了古松的影子哩。」

矢木平靜地說，

「弗朗西斯科．哈維爾[12]的得力助手去年來過這教會吧。四百年前哈維爾上

12 費朗西斯科．德．哈維爾（一五〇六—一五五二），生於西班牙，基督教傳教士。

京城時，大概在街邊的日本松樹陰下走過吧。當時京都是戰亂之地，足利義輝[13]將軍也四處奔走。哈維爾竭力要求拜謁天皇。當然沒被允許。他在京城只待了十一天，就回到平戶市[14]去了。」

在夕陽的映照下，投上了松影的牆壁，淡淡地抹上了一片桃紅色。鄰近的上智大學的紅磚牆上，也灑滿了陽光。

他們一進入前方的幸田旅館，就被帶到裏面的房間。

「怎麼樣，很安靜吧？這房子改作旅館之前，是一個鋼鐵暴發戶的宅邸。這裏是茶室。那位榮獲諾貝爾獎的湯川[15]博士從美國搭飛機抵達此地，以及搭機啟程赴美時，都住過這個房間……游泳選手古橋他們赴美和回國的時候，也曾在這裏會合。」

「這裏不就是母親常來的地方嗎？」

高男說。

湯川博士和古橋選手是戰敗國日本的光榮和希望，深受群眾的愛戴，矢木以為他們往返都住宿過的這個房間，若讓年輕的學生住進去，學生們一定會感到高興的吧。然而，高男似乎沒有那種感覺。

矢木又補充說：

「靠近我們走過來的這邊，有間寬敞的房間吧。當時把兩間打通，當作湯川博士的會客室。各式各樣的人蜂擁而至，主人盡量不讓他們到這個起居室裏來。可是社會攝影記者，不知從哪兒悄悄地溜進了庭院，要想獵取一些特別的鏡頭，害得湯川博士無法好好休息。聽說，為了不讓攝影記者進來，讓這裏的兩個女傭

13 足利義輝（一五三六—一五八五），室町幕府第十三代將軍。
14 長崎縣的市。
15 指湯川秀樹（一九〇七—一九八一），日本物理學家。

分別在庭院的兩頭值夜班。當時正是炎夏，她們被蚊子咬得手足無措。」
矢木把視線投向庭院。
院子裏栽滿了各種竹子，有大名竹、大肚竹、寒竹、四方竹。庭院的一角上，可以看見祭祀五穀神的紅色牌坊。
這個房間也叫竹廳，用熏成黑紅色的竹子做天花板。
「湯川博士到達這兒，旅館的老闆娘正好生病。在病榻上她還關照說，先生闊別許久才返回日本，要點把好香。牽牛花也開了，假使庭院樹木上的蟬兒也啾鳴就好了。」
「啊……」
「蟬兒也啾鳴就好了，這說法多有意思啊。」
「哦。」
高男早先已經從母親那裏聽說過同樣的話。父親似乎是從母親那裏現學現賣，兒子也就很難裝出很有意思的表情。

高男環視了房間一圈說：

「這房子真好啊。媽媽現在也常到這兒來吧。夠奢侈的。」

矢木背朝吉野圓木木筋隆起式的壁龕柱子慢慢地坐了下來，點點頭說：

「蟬兒啾鳴了。那時湯川博士誦了一首詩：『來到東京的旅館，從庭院的林木間，首先響起依依的蟬鳴。』湯川博士過去很愛好詩歌呢。」

矢木把高男的話頭岔開，接著先頭的話說下去。

後來付晚飯錢，也記在波子的帳上。近來高男對這種事總要埋怨父親。

矢木輕聲說：

「你母親與這兒的老闆娘很有交情。嘿，是好朋友哩。品子能登上舞臺也多虧她的幫助呢。」

教科書出版社的總編輯來了。

矢木沒有讓他看自己的文章，而先讓他看了藤原的佛教美術照片。

「這些照片都是我選出來的，我的看法也寫在上面了。」

他將高野山的聖眾來迎圖、淨琉璃寺的吉祥天女、博物館的普賢菩薩、教王護國寺的水天、中尊寺的人肌觀音、觀心寺的如意輪觀音的照片挑選出來，擺在桌面上，剛要說明，卻又說：

「對了對了，先喝杯談茶吧。養成京都的習慣了……」

他手裏拿著河內觀心寺的秘佛和如意輪觀音的照片，不是對著總編輯，也不是衝著高男，說了一句：

「佛嘛……清少納言在《枕草子》中也寫了。如意輪托腮而坐，使人心煩意亂。他不知世事，多愁善感，又帶幾分羞怯……照片很好地攝取了他的風韻。這點，在我的文章中也引用了……」

然後他對著高男說：

「剛才在博物館裏看到了沙羯羅像和須菩提像。奈良佛像那種純潔的、人間式的寫實作品，在藤原的人間式的寫實作品中，塑造得多麼豔麗啊。它們蘊含著人類肌膚的溫馨，形象是現代式的。然而，並沒有失去神秘的色彩。是女性美的最高象徵。膜拜這樣的佛，自然令人感到藤原的密教就是崇拜女性呢。奈良藥師寺的吉祥天女圖和這幅京教淨琉璃寺的吉祥天女像很相似，但是對照來看，還是能夠感到奈良和藤原之間的差異。」

矢木將折疊式皮包拉過來，取出了淨琉璃寺的吉祥天女和觀心寺的如意輪觀音的彩色照片。彩色還很鮮豔。他建議總編輯，彩色印刷收入國語教科書的卷首插圖中。

「是啊，和先生的大作相得益彰，定會很精采的。」

「不，拙文很不成熟，是不是被採用還沒落實……拙文採不採用另當別論，我只是希望日本國語教科書的卷首插圖中，有那麼一張佛像。即使不能像西方教科書有聖母瑪利亞的畫像，也……」

「先生的大作，我們當然想採用，所以才這樣厚著臉皮來了。不過，這幅佛像太有名了，現在的學生一般不會好奇地去欣賞這插圖。」

總編躊躇地說，

「正文部分先生那頁的插圖，就按先生的意見辦吧。只是……」

「拙文暫且不說，我是希望卷首插圖中有張佛像啊。看不到日本美的傳統，就談不上什麼國語了。」

「從這個意義上說，一定讓我們利用先生的論文……」

「談不上什麼論文……」

矢木又從折疊式皮包裏取出雜誌的剪報，交給了總編輯。

「回來的路上，晚上我在火車上又修改過一次。繁瑣的地方都刪去了，教科書選用合適不合適，你審閱後再說吧。」
矢木說著呷了口淡茶。
女傭通報沼田來了，矢木依然低著頭，將茶碗翻過來看了看。
「請進。」
沼田身穿藏青色雙排釦上衣，打扮得整整齊齊，可是挺著大肚子，連鞠躬都顯得十分費勁。
「噢，先生，您回來啦。令嬡又……可慶可賀。」
「哦，謝謝。波子和品子總是得到你無微不至的照顧……」
沼田所說的「可慶可賀」，是一種在後臺對登臺表演者說話的腔調。
沼田所說的「可慶可賀」，是指品子哪臺的演出呢？矢木在京都期間，女兒在哪裡跳什麼舞蹈節目，他全然不知，他只顧靜靜地一邊轉動，一邊凝視放在自己面前的茶碗。

「這只茶碗也漂亮得像美人兒。以後寒冷的時候，這只美女般的志野茶碗將給人帶來溫馨，是好東西啊。」

「是波子夫人吶，先生。」

沼田連笑也沒笑地說，

「可是，先生這回在京都是不是又發掘了什麼珍品呢？」

「不，我並不喜歡出土的東西，對古董也不感興趣。」

「的確，是珍品在盼望先生呢……對了，珍品在破爛的東西中熠熠生輝，等待著先生的青睞啊。」

「唉，恐怕沒有的事吧。」

「是啊，像品子小姐那樣的珍品是不常見的，十年、二十年也出不了一個。這會兒，我多麼希望您允許我把小姐說成是件珍品啊。珍品眼看著就要發出光輝來了。婦女雜誌新年號不久即將發行，先生，請您過過目。卷首插圖裏刊登了小姐的各種照片，大獲好評。她是昭和五十一年眾望所歸的新人呢。現在芭蕾舞愈來愈流行……」

「謝謝。但是，過分了，把她當作商品就……」

「這，先生大可不必擔心，有她母親跟著她吶……」

沼田不容分說地回答。

「她的名字叫品子，容易被人叫作珍品，僅此而已。我希望您能早點看到新年號的照片。」

「是嗎？……你說卷首插圖，我們現在正談卷首插圖的事。」

於是，矢木便將沼田介紹給教科書出版社的北見。

女傭進來，請他們飯前先洗個澡。

沼田和北見都說感冒，婉言謝絕了。

「那麼，我失陪了。晚上坐車，滿身灰塵，我去洗洗再來。高男，你不洗嗎？」

高男隨父親到了澡堂。

父親發現有秤台，便說：

「高男你有多重？是不是瘦了？」

高男光著身子站到秤臺上。

「四十八公斤多，正好……」

「不行啊。」

「爸爸呢？……」

「你瞧我的……」

矢木同高男換了個位置。

「五十六公斤多，這把歲數，沒多大變化。」

父子倆站在秤台前，白皙的身體靠得很近，兒子忽然靦腆起來，帶著一副形似哀傷的神情走開了。

這是長州澡堂。一走進去兩人的皮膚就接觸了。

高男先走到沖洗處，一邊洗腳一邊說：

「爸爸，沼田長期糾纏著母親，這回又要讓他糾纏姊姊嗎？」

父親把頭枕在澡盆邊上，閉上了眼睛。

父親沒有答應。高男抬起臉望了望父親。父親的長髮雖然還是烏黑烏黑的，但已經開始謝頂，額前的頭髮也開始脫落了。高男都看在眼裏。

「爸爸為什麼要見沼田這號人呢？從京都剛回來……」

高男想說，還沒回家就……轉念又想說沼田總是蔑視爸爸，可爸爸卻……

「我來接爸爸，能在博物館裏見面，感到非常高興。爸爸卻把沼田叫來，真令人失望。」

「唔……」

「我自孩提時起，就覺得母親會被沼田搶走，真討厭啊。我常常作噩夢，要麼被沼田追趕，要麼被殺害，很難忘卻……」

「嗯。」

「姊姊和母親一起跳芭蕾舞，全被沼田纏住了……」

「情況並不像你說的。你的看法太偏激了。」

「不對。就說爸爸吧，您明明是知道的嘛。沼田為了討好母親，他就拚命巴結姊姊……姊姊思慕香山，也是他一手促成的吧。」

「香山？……」

矢木在澡盆裏轉過身來。

「香山現在怎樣了？你知道嗎？」

「不知道。可能不跳芭蕾舞了吧，沒有看到他的名字了。自從退居伊豆，他不就銷聲匿跡了嗎？」
「是嗎？我早就想向沼田打聽香山的事了。」
「您想瞭解香山的事，問姊姊不就可以了嗎。問媽媽也……」
「唔……」
高男進了澡盆。
「爸爸，您不沖沖嗎？」
「啊，我懶得沖了。」
矢木把身體靠到一邊，給高男讓出位置來。
「今天，學校情況怎麼樣？」
「只上了兩小時課。就這樣我也算是上大學，不是挺好嗎。」
「這是新制，雖說是大學，也只不過是原先的大學預科呀。」
「我給您搓澡吧。」

「什麼？……算了，別在澡盆裏用勁啦。」

矢木說著笑了笑，然後從澡盆裏出來，邊揩拭身子邊說：

「高男，你有些地方對人要求過多了吧。比如說對沼田，有些要求是應該的，有些要求就不應該。」

「是那樣嗎？對媽媽和姊姊也是那樣嗎？」

「你說什麼？」

矢木不讓高男說下去。

兩人回到竹廳，沼田抬頭望了望矢木說：

「我和稱做美人的這只茶碗做伴了。其實，先生，那裏的教會是聖伊格納西奧教會吧。我曾順便到裏面看了看。從天主教會出來，又喝了淡茶……」

「噢。不過，天主教和茶老早就有緣了啊。比如說，織部燈籠也叫作基督燈籠嘛。」

矢木邊說邊坐了下來，

「根據古田織部的嗜好，在燈籠柱上雕刻了懷抱基督的聖母瑪利亞像。據說還有茶杓是基督教徒諸侯高山右近[16]的作品。上面刻有花十的名字，讀作花十字架。」

「花十字架？……很好。」

「高山右近他們喜歡坐在茶室裏向基督祈禱。茶道的清淨和諧陶冶了右近，使他成為品格高尚的人，引導他熱愛神、發現主的美。外國傳教士也寫了這層意思。那穌教傳入日本的時候，諸侯和堺[17]的商人之間盛行喝茶，傳教士也常受到邀請，他們在茶席上一同跪下向神禱告，感謝主。他們在寄給本國的傳教報告裏

16 高山右近，日本安土桃山時代信奉基督教的諸侯。

17 堺，地名。屬大阪府的一個市。

還詳細地寫了茶道的狀況，甚至是茶具的價格……」

「的確……波子夫人說過，近來天主教和茶道很盛行，先生的住家北鎌倉是關東的茶都啊。」

「是啊。去年隨哈維爾的得力助手前來、一個名叫某某的大司教，也被邀請參加了京都的茶會。有許多地方，茶道的規矩和彌撒是很相似的。據說大司教也大感震驚。」

「哦……日本舞蹈家呈妻德穗也成了天主教信徒，這回將在聖母像上跳舞。[18]怎麼樣，先生也去看看？」

「好啊。在長崎？……」

「大概是長崎吧。」

「這是反映從前殉教者的舞蹈吧。現在，一枚原子彈就把浦上的天主教堂全夷為平地，真是很淒慘啊。據說長崎死了八萬人，其中三萬是天主教徒……」

矢木說著，望了望教科書出版社的北見。

北見一聲不響。

「不知什麼原因，那兒的聖伊格納西奧教會號稱東方第一。可我還是喜歡長崎的大浦天主教堂。那是最古老的教會，是國家……彩繪玻璃也很美。教堂離浦上很遠，雖倖免原子彈轟炸的破壞，可是，我去的時候，屋頂也都毀壞了。」

料理上桌了，矢木把桌上原本已堆到一旁的佛像照片收了起來。

「不過，先生還是喜歡佛像的吧。從前，先生讓波子夫人跳的所謂佛手舞，好極了。那是集中表現了佛手各種表情的舞蹈啊。」

沼田說著，瞟了一眼矢木的臉。

「我希望波子夫人能在舞臺上重演那個節目，先生……」

---

18 江戶時代嚴禁天主教，通過踏不踏聖母像來檢查其是否是教徒。

「如今回想起佛手舞，那真是個好例子。不過沒到波子夫人這般年齡，畢竟跳不好。像品子小姐要跳那種宗教色彩濃厚的舞，恐怕就不合適囉。」

沼田繼續說。矢木卻冷淡地嘟噥了一句：

「西方舞蹈是青春的東西，和日本舞蹈不同。」

「青春？……所謂青春，看怎麼解釋囉。波子夫人的青春已經消逝，還是至今尚存，先生應該是最瞭解……」

沼田帶著幾分挖苦的口吻說，

「或者說，要埋葬或者激發波子夫人的青春，還不是在於先生嗎？連我都知道波子夫人的心是年輕的。就身體來說吧，在日本橋排練場看看就……」

矢木把臉扭向一旁，給北見斟酒。

沼田也舉杯往嘴裏送。

「讓波子夫人成天以孩子們為對象教練芭蕾舞，太可惜了。倘使登臺表演，宣傳效果一定很好，也會很叫座。我也是這樣告訴波子夫人。我很想拍她們雙人舞的照片，可是總沒有拍成。」

「她們有自知之明。」

沼田又說了一句。

「登臺表演的人，都沒有自知之明……」

傳來了聖伊格納西奧教堂的鐘聲。

「其實，今晚難得先生把我叫來，我想這大概是先生想談波子夫人重返舞台的事吧，我這才鼓起勇氣來的。」

「唔，對……」

「除此之外，我再想不出先生找我會有什麼更重要的事了……」

沼田有點納悶，瞇縫著那雙大眼睛。

「先生，讓她跳吧。」

「波子向你談過這件事啦？」

「我拚命鼓勵她。」

「真麻煩啊。不過你知道，四十歲的女人就是跳舞，到下次戰爭，也沒有多少時間。」

矢木曖昧地說過之後，同北見攀談別的問題去了。

晚飯的菜單是：正餐菜餚有甲魚凍、魚子糕和柿子卷，生魚片有鯽魚片和干貝，湯是栗子白果醬湯，烤菜有烤醬醃鯧魚，煮菜有清蒸鵪鶉，焯的菜只有根芋和黑蘑，還有火鍋菜家鯽魚火鍋。

沼田告辭，矢木看了看錶。

「先生還是那塊錶嗎？不準吧？」

「我的錶從來就沒有差過一分鐘。」

矢木說著扭開了放在那裡的收音機。

「《左鄰右舍》節目，本月的作者是北条誠。」

矢木讓沼田看了看他的錶。

「七點，正好與廣播裡的報時一分不差。」

沼田聽廣播說完「現在報告新聞」，便關掉了收音機，然後說道：

「朝鮮嘛……先生，史達林自己說他是亞洲人，還說別忘記東方。」

四人乘一輛車從幸田旅館出發。北見在四谷見附站前下了車。

汽車從赤坂見附駛到國會議事堂前的時候，矢木對沼田說：

「剛才你說讓波子重返舞台，香山怎麼樣？他不能重返舞台嗎？」

「香山？……讓那個廢人重返舞台？」

沼田搖了搖頭。他太胖，腦袋只是微微地動了動。

「說他廢人，太殘酷啦。他現在怎麼樣了？」
「唷，作為舞蹈家，他可算是個廢人了吧……聽說他在伊豆鄉村當了遊覽車的司機呢。不過這是傳聞，我不清楚。那樣的隱士，我可不感興趣。」
沼田回過頭來說，
「令嫒和他已經沒有來往了吧？」
「沒有了……」
「這也很難說呀。」
高男話裡帶刺地說了一句。
沼田突然不客氣地開口。
「那傢伙真令人困擾。高男你也好好勸勸她吧。」
「這是姊姊的自由嘛。」
「舞台的人是沒有自由的啊。特別是今後，對重要的年輕人……」

「不是沼田先生讓姊姊那樣接近香山的嗎？」

沼田沒有回答。

車子沿著皇宮護城河向日比谷馳去。

矢木想起來似的說：

「對了，在京都的旅館裏瀏覽一本攝影雜誌時，看見竹原公司的照像機廣告用了品子的照片，那也是你關照的嗎？……」

「不，那不是張舊照片嗎。是竹原在您家的廂房住時拍攝的吧？」

「是嗎？……」

「竹原那裏的照像機和雙筒望遠鏡很受歡迎，行情可好啦。能不積極利用品子小姐做照像機宣傳的模特兒嗎？」

「這樣做太過分了。」

「這種時候，人家不正想做得過分些嗎。假使波子夫人能對竹原說幾句就……」

「波子和竹原大概已經沒有來往了吧？」

「是嗎？」

沼田突然把話斷了。

汽車從日比谷公園背角處向左拐，駛過了皇宮的護城河。

這裏正是波子和竹原乘坐車子發生故障的地方，儘管矢木理應還在京都，波子卻非常害怕。那已經是五、六天前的事了。

沼田在東京站分手了。矢木搭上橫須賀線的電車後，直到品川附近都沒有說一句話，後來就睡著了。抵達北鎌倉的時候，高男才把他搖醒。

圓覺寺門前的杉叢上空，掛著一彎月亮。

月光淌在他們背後，他們沿著鐵路線旁的小路徒步走去。

「爸爸，您累了吧。」

「噢。」

高男把父親的皮包換到左手，然後貼近父親。

長長的月臺柵欄影子在小路上伸延著。走過這些陰影，住家的羅漢松樹影便從相反的方向投落在鐵路線上。小路變得更狹窄了。

「一來到這裏，我總好像有一種回到家裏的感覺。」

矢木稍微站了一會兒。

北鐮倉之夜，恍如山村裏的幽谷。

「媽媽怎麼樣？……她又說要賣掉什麼了嗎？」

「這，我可不知道。」

「她不知道我今天回家吧？」

「啊，爸爸的信今早剛收到，是寫給我的，我把它放在兜裏邊就出門了……

如果在幸田旅館掛個電話就好啦。」

高男連聲音都顫抖起來。父親點點頭說：

「嘿，算了。」

他們走進小路右側的隧道。山脊像一隻胳膊伸延過來，人們把它挖通形成一條近道。

在隧道裏，高男說：

「爸爸，聽說有人要在東大圖書館前立一尊陣亡學生紀念像，大學方面不同意呢。我是想見您就告訴您這件事的。雕刻已經完成，原訂十二月八日舉行揭幕式……」

「唔，好像以前也聽說過。」

「以前我說過的。匯集了陣亡學生的手記，出版了《遙遠的山河》和《聽吧，海神的聲音》，還拍了電影。從『不許重複海神的聲音』這個意義上說，紀念像恐怕也要取名『海神的聲音』吧。有點像『不許廣島事件重演』，是和平的象徵，充滿了悲傷和憤怒……」

「唔，大學方面的意見是？……」

「好像是要禁止。據說大學當局拒絕受理日本陣亡學生紀念會寄贈的塑像……理由是這尊塑像，不僅是以東大學生，而且也是以一般學生和群眾為對象；再說按東大的常規，在校園內立紀念像，只限於在學術上和教育方面有重大貢獻的人。實際上，這尊塑像有著非常深刻的含義，也是校方不同意的原因吧。這是一尊隨著時勢而變化的象徵性塑像，假如再次出現要學生出征的局面，大學校園裏立著一尊帶有反戰情緒的陣亡學生塑像，那不就難辦了嗎。」

「唔。」

「但是，我覺得校園是陣亡學生靈魂的故鄉，把他們的墓標豎立在校園裏很合適。聽說英國的牛津大學、美國的哈佛大學也都立有這種紀念碑……」

「噢……陣亡學生的墓碑已經豎立在高男的心中了吧。」

隧道的出口處滴下了來自山上的水滴。遠處傳來悠揚的舞曲聲。

「她們還在練呢。每晚都排練嗎？」

「嗯。我先去告訴她們一聲。」

高男說著向排練場跑去。

「我回來了。爸爸回家來了。」

「爸爸？……」

波子在排練服上披著一件大衣，臉色煞白，險些倒了下去。

「媽媽，媽媽。」

品子摟住波子，支撐著她，

「媽媽，怎麼啦？媽媽。」

她摟抱似的把母親扶到牆邊的椅子上。

品子坐在母親旁邊的椅子上，母親閉上眼睛，有氣無力地把頭埋在女兒的懷裏。

品子用大衣裹住母親的身體，然後把左手放在母親的額上試了試。

「真涼啊。」

品子身穿黑色緊身衣，腳蹬芭蕾舞鞋。排練服也是黑色的，腿腳全露了出來，短下襬飾有波紋皺褶。

波子身上是一般白色緊身衣。

「高男，把唱機關上……」

品子說。

「都是給高男嚇的。」

高男也凝望著母親的臉。

「我哪兒嚇她了。不要緊吧？……」

高男望了望品子。姊姊顰蹙眉頭，她的那雙眼瞼，使高男想起了興福寺的沙羯羅的眉梢。的確很相似。

品子將頭髮緊緊束起，用絲帶繫上。排練會出汗，姊姊和媽媽都沒有抹粉。品子滿面通紅，她嚇得連臉頰泛起的玫瑰色也變成白色，閃爍著格外澄明的光。

波子睜開眼睛。

「已經沒事了。謝謝。」

波子要坐起來，品子摟住她。

「您再安靜地歇一會兒吧……喝點葡萄酒好不好？」

「不用了，給我一杯開水吧。」

「好的。高男，請倒一杯開水來。」

波子用手掌擦了擦額頭和眼簾，端端正正地坐了起來。

「不停歇地跳，然後按阿拉伯風格和樂曲剛站定，這當兒，高男突然跑了進來……就覺得頭暈眼花，我有點輕微貧血啊。」

「不要緊了吧？……」

品子說著，將母親的手貼在自己的胸口上，

「我這兒也是撲通撲通地直跳。」

「品子，妳出去迎接爸爸吧。」

「嗯。」

品子看了看母親的臉色。她在排練服上很快地套上女褲和毛線衣，解開髮絲帶，用手將頭髮撥開。

高男跑開以後，矢木慢悠悠地走著。

穿過隧道，山脊上的細高的松林拔地而起，剛才躲在圓覺寺杉叢裏的月亮，升到松樹上面了。

聲稱要同沼田決鬥的高男，和致力於建立陣亡學生紀念像的高男，是統一的還是分裂的呢？父親深感不安，腳步也沉重起來。

矢木現在的家，先前是波子家鄉的別墅，沒有大門。入口處的小株山茶花綻開著花朵。

芭蕾舞排練場建在正房和廂房的中央、削平了的後山岩石上稍高的地方，彷彿凌駕於整座宅邸之上。此時正房和廂房燈火璀璨。

「家裏的電就像是不花錢似的。」

矢木喃喃自語。

睡覺與覺醒

矢木從京都回來翌日的早晨席上，波子只在丈夫面前擺了清水煮伊勢龍蝦。

矢木沒有下箸。波子說：

「你不吃是嗎？」

「噢……我嫌麻煩。」

「嫌麻煩？……」

波子顯出詫異的神色。

「我們昨天晚飯吃過了，這是剩下的，對不起……」

「唔，要剝殼，我嫌麻煩。」

矢木說著看了看伊勢龍蝦。

波子莞爾一笑，說：

「品子，妳幫爸爸把蝦殼剝掉吧。」

「嗯。」

品子將自己的筷子掉過頭，伸手去挾龍蝦。

「真行啊。」

矢木瞧著女兒的手勢說，

「用牙使勁嚼爛清水煮伊勢龍蝦，倒痛快啊，不過……」

「讓別人把殼剝掉，就沒味了吧。好，剝掉了。」

品子說著，抬起臉來。

矢木的牙齒並沒有壞到嚼不了伊勢龍蝦的蝦殼。再說，如果用牙齒使勁嚼不太雅觀，使筷子也可以嘛。可他連動筷子都嫌麻煩，波子不免有點驚訝。

不至於吧……恐怕不是年紀的關係吧。

餐席上還有紫菜片以及矢木在京都時、別人贈送的凍豆腐燉豆腐皮，不吃清水煮龍蝦也可以對付過去的，矢木好像是嫌麻煩。

許是久別回到家裏，心安理得，有點怠惰吧。矢木看起來似乎有些無精打采。

波子一想到或許是昨晚太勞頓，不覺臉上發熱，低下了頭。

然而，羞怯也只不過是一會兒工夫，她低垂下頭的時候，內心已是冷冰冰的了。

波子今早睡足才起床，頭腦特別清醒。身體活動也似乎很輕快。

或許已是時冷時暖的氣候，這天早晨是個近日沒有過的小陽春天氣。

排練芭蕾舞也是一種運動，因此波子食欲甚佳。而今早連吃飯的味道也似乎與往常不同。

她一覺察到這點，立即感到索然無味。

「今天很難得，穿起和服來啦。」

一無所知的矢木說，

「京都還是穿和服的人多。」

「是吧。」

「爸爸，今秋東京也時興穿和服呢。」
品子說罷，望了望母親的和服。
波子自己也不勝驚訝，自己不知不覺地穿上了和服，難道是為了給丈夫看的嗎？
「兩、三天前和服店的人來說，戰爭開始時，香雲紗和絞纈染[19]花布，賣得好價錢……」
「香雲紗和絞纈染花布嘛，就是奢侈品囉？」
「全絞纈和服得五、六萬元一件呢。」
「哦？妳那件要是也留到現在來賣就好了。當時操之過急了吧。」

19 一種印染法，將布紮緊，使之成皺褶，染後形成白色花紋。

「舊衣服已經不吃香，落價了。不值一提……」

波子依然低著頭說。

「是嗎。因為新產品可以隨便買到嘛。到了不好買的時候，和服店的人就要說什麼這東西很講究啦、是高級品啦，利用女人的虛榮心來做生意了。」

「是啊。不過，先前，戰爭開始時，香雲紗和絞纈染花布很是流行，現在又時興起來……」

「難道時興起香雲紗和絞纈染花布和和服，又要發生戰爭不成？從前是因為戰爭帶來了景氣，現在不是由於戰爭而長期穿不上嗎？假使時興奢侈的和服是戰爭前兆的話，那麼女人所表現的淺薄，不正是漫畫式的嗎？」

「就說男性服裝，也起了很大的變化啊。」

「是啊。不過，帽子嘛，沒有好的。很多人都穿夏威夷式短袖襯衫呢。」

矢木說著端起粗茶的茶碗，

「記得我喜歡的那頂捷克帽，妳沒好好檢查，隨便拿到洗衣店洗，濕洗後，絨毛全完了。」

「現在想買也沒有了。」

「那是戰後不久……」

「媽媽。」

品子喊了一聲。

「文子來信了，她是我學校的同學，您還記得吧？……她讓我借她一件晚禮服，參加聖誕節舞會。」

「聖誕節，這麼早就準備。」

「這才有意思呢。她說她夢見我了……夢見我有很多西服。說什麼品子的西服櫃裏掛著一大排襯衫，約莫三十件，有淺紫、粉紅……花邊裝飾也很美。另一個西服櫃裏淨掛裙子，全是白色的，還有毛織品。」

「裙子也有三十條？……」

「信上寫著呢，裙子約有二十條。全都是新的。她說她做了這樣的美夢，心裏總想著品子不知有多少件晚禮服，所以才來信借。說是夢裏告訴她……」

「不過，夢裏沒有出現晚禮服嘛。」

「對啊，淨是襯衫和裙子。一定是她看見我在舞臺上穿著各種式樣的服裝跳舞，產生了錯覺，以為我自己有許多西服呢。」

「是啊。」

「我回信說：在後臺我是一無所有。」

波子不言語，點了點頭。方才神清氣爽，這會兒腦子昏沉，渾身無力。畢竟是昨晚迎接了旅行歸來的丈夫，受累了吧。

波子有點洩氣了。

矢木這次旅行時間稍長，回家當晚，波子不知怎的，沒事找事地拾掇一番，卻不就寢。

「波子，波子！」

矢木呼喊。

「都什麼時候啦，還洗什麼呢？快一點鐘了。」

「嗯，我只是把你旅行的髒東西洗洗。」

「明天再洗不好嗎？」

「我不喜歡把這些髒東西從皮包裏拿出來、揉成一團兒放在一邊……明早被女傭人看見……」

波子光著身子在洗丈夫的汗衫。她感到自己這副樣子像個罪人。

洗澡水已經半涼不熱了。看樣子波子有意要洗個溫水澡，下頦骨咯咯地打起顫來。

她穿上睡衣坐在梳妝鏡前，還在不停地顫抖。

「怎麼啦，洗完澡反而冷……」

矢木驚愕地說。

近來波子總是控制自己的感情。矢木心裏明白，卻佯裝不知。

波子覺得丈夫似乎在調查自己，然而她覺得自己這樣做是一種罪過的念頭淡薄了，自己彷彿被拋棄了，從而短暫地陷入茫然若失之中，在虛空裏蕩來晃去。這會兒她閉上眼睛，只見腦海裏有個金環在旋轉，並燃燒起紅色的火焰。

波子回憶起過去的一件事，她曾將臉貼近丈夫的胸口說：

「呀，我看見金環在團團轉吶。眼睛裏一下子變成紅彤彤了。我還以為要死了呢。這樣下去行嗎？」

她接著又說，

「我，是不是病了？」

「不是病。」

「是嗎?真可怕。你怎麼樣?也和我一樣嗎?」

她偎依著丈夫,

「喏,告訴我嘛……」

矢木穩重地回答之後,波子說:

「真的?要是這樣就好了……我太高興了。」

波子哭了。

「但是,男人不像女人那樣啊。」

「是嗎?……太不好意思了,對不起。」

如今回憶起這段對話,波子感到那時自己年輕,著實可憐,眼淚晶瑩欲滴。現在也有時看見金環和紅色,但不是經常。而且自己也不是那麼純樸了。如今已經不是幸福的金環了。悔恨和屈辱馬上撞擊著她的心胸。

「這是最後一次了，絕對……」

波子自言自語，自我辯解。

然而，回想起來，二十多年來，波子對丈夫從未公開地拒絕過一次。當然，也從不曾公開地主動要求過一次。這是多麼奇怪的事啊。

男女、夫妻之間差別之大，不是太可怕了嗎？

女性的謹慎、女性的靦腆、女性的溫順，難道就是被無可抗拒的日本舊習束縛住的女性的象徵嗎？

昨晚波子忽然醒來，伸手摸了摸丈夫的枕邊，按按那塊懷錶。

懷錶敲了三點，然後叮鈴叮鈴地響了三次。好像是四十分到五十五分之間。

高男說這只錶的聲音像小八音盒，矢木卻這麼說道：

「它使我回憶起北京人力車的鈴聲。我乘慣的人力車就裝了一個鈴兒，可以發出這種悅耳的聲音。北京的人力車車把很長，鈴兒裝在車把頂端，跑動起來叮鈴響，就像是遠方傳來的鈴聲。」

他曾這麼說過。

這只錶也是波子父親的遺物。

父親的錶一響，母親就心疼得不得了。矢木硬纏著母親要了這只錶。

波子尋思：假如像今晚這樣，秋風蕭瑟，催人醒來，孤單的老母親弄響這只錶……母親該是多麼懷念生前的丈夫，和在枕邊聽到的這悅耳的聲音啊。

如同高男從這只錶的聲音感受到他父親一樣，波子也感受到自己的父親。

這只古老的懷錶，早在高男出生之前、波子還是少女的時候就有了。這聲音喚起了高男童年時代的回憶，同樣也喚起了做為母親的波子幼年時期的回憶。

波子又伸手去摸錶，然後把它放在自己的枕頭上，讓它鳴響。

叮鈴、叮鈴、叮鈴……

爾後又聽見後山松林傳來寒風的呼嘯聲。

自家門前的高杉樹叢也似乎響起了風濤聲。

波子背向矢木，合起掌來。在黑暗之中，她還是把手藏在被子裏雙手合十。

「太可憐啦。」

波子和竹原在皇宮前幽會，懼怕遠離了的丈夫；昨晚突然聽說丈夫回來，就覺得一陣頭暈目眩，波子的暗中抵抗完全被巧妙地粉碎了。

波子現在合掌，就是為了這個。但又不是僅僅為了這個。也是因為對竹原的妒忌，在心頭旋盪。

剛才入睡之前，波子妒忌竹原，自己也感到震驚。

丈夫長期在外，返回家中以後，波子對他沒有產生疑團，也沒有妒忌。這也就可以了。可是，她迎接了丈夫，又感到悔恨。她對丈夫沒有妒忌，卻出乎意料地對竹原妒忌起來了。這種實實在在的妒忌，甚至使她鬱悶的心頓時一陣爽快。

如今夜半一覺醒來，又忌妒起來了。波子一邊合掌一邊喃喃自語：

「對連見都沒見過的人……」

這是指竹原的妻子說的。

不能讓人看見的合掌，是波子跳「佛手舞」以後養成的一種習慣。

「佛手舞」從合掌開始，又以合掌告終。在舞動千姿百態的佛手手形時，也加進了合掌的動作。用合掌把各種手腕動作的組合匯集起來。

「……你們之間究竟有沒有妒忌呢？看不出你們彼此有類似妒忌的表現，這不由得給旁觀者幾分可怕的印象。」

波子挨竹原這麼一說，一時沉默不言。就在這時候，妒忌在她心頭顫動。這不是對丈夫的妒忌，依然是對竹原的。波子沒能挑起竹原的家庭的話題，她有點焦灼不安了。

連迎接丈夫之夜醒來，也要妒忌竹原的妻子，這是波子萬萬沒想到的。丈夫把波子這個女人搖醒，難道也是要妒忌別的男子嗎？

「不是罪人，我不是罪人。」

波子邊合掌邊嘟噥了一句。

然而，波子覺得自己是罪人——這是對丈夫來說，還是對竹原而言呢？她也不十分清楚。

波子向遠方合十，向竹原表示了歉意。內心不由自主地也都向著那邊了。

「晚安。你是怎樣就寢的呢？在什麼樣的房子裏？……連看都沒看過，我不知道。」

波子說罷又入夢了。這沉睡是丈夫賜給的。

今早一覺醒來，她感到一陣清爽、輕鬆，這也是丈夫賜給的。

波子起床比平日都晚，早飯也遲了。

「爸爸，今天上午您有課，還不走嗎？……」
高男催促父親似的說。
「嗯。你先走吧。」
「是嗎。我請假也可以，不過……」
「這可不行啊。」
高男站起來要走，矢木把他喊住。
「高男，昨天晚上談到的陣亡學生紀念像問題，學校方面是不是害怕有政治背景呢？」
品子也到廚房幫女傭去了。
波子對正在讀報的矢木說：
「喝咖啡嗎？」
「喝，我想在早飯前來一杯。」

「今天是東京排練的日子，我們也要出門……」

「知道，我們的，排練日。」

矢木多少帶著諷刺的口吻說，

「唉，闊別好久，就讓我在家裏悠閒地曬曬太陽吧。」

正房和廂房之間的排練場，本來是作為矢木的書庫使用，現在用來作讀書室兼日光室。南面全是玻璃窗，掛著厚厚的帷幔。

搬走那裏的書架，收拾好可以作為芭蕾舞的排練場。

也許由於年紀的關係吧，矢木覺得讀書寫字還是在日本式的房子好，也就不反對把那裏用作女兒的排練場了。

不過，矢木所說的曬太陽，意指在原來的書庫裏。

波子總覺得不好意思，正要離席而去，矢木放下報紙，說：

「波子，妳見過竹原了吧？」

「見過了。」

波子回答了一句，像是遭遇失敗後發出的聲音。

「是嗎？……」

矢木心平氣和，若無其事地問道，

「竹原身體好嗎？」

「身體很好。」

波子依然望著矢木的臉，沒有移開自己的視線。她擔心自己的眼睛，覺得眼眶裏淚汪汪的，真想眨眨眼睛。

「看來也會很好的。聽說竹原經營望遠鏡和照相機的買賣，生意不錯。」

「是嗎？」

波子的聲音有點嘶啞，又改口，

「這些事，我沒聽說……」

「買賣的事，他不會對妳說的。從前不就是這樣的嗎？」

「嗯。」

波子點點頭，把視線移開了。

透過鑲在紙拉窗上的玻璃看得到庭院。杉樹的影子投在這庭院裏。是杉樹的樹梢。

從後山飛來了三隻竹雞，忽兒走進樹蔭下，忽兒又走進向陽地。

波子撲通跳動的心剛一平靜，心口窩又變得僵硬起來。

但是，波子覺得丈夫的臉上流露出幾分溫暖的憐憫表情。她望著庭院裏的野鳥說：

「或許有一天，我們不得不把廂房賣掉呢。竹原曾有一段時間租用過廂房，我想和他談談……」

「唔，是嗎？……」

矢木一言不發了。

矢木說「唔，是嗎？……」的時候，露出深思的樣子，這時候他又在盤算什麼呢。波子想起她對竹原說過的話。

果然，他現在還說「唔，是嗎？……」這當然可笑，但波子卻很是難過。自己以前對竹原說過丈夫的壞話，她感到羞慚、可憎。

「妳未免太鄭重其事了。」

矢木笑了笑，

「就因為讓竹原住過廂房，所以要出售它，還要徵得竹原的同意；禮貌這樣周全，不是太莫名其妙了嗎？」

「不是去徵求他同意嘛。」

「唔，妳覺得對竹原過意不去囉？」

波子好像被針扎了似的。

「唉，算了。廂房的事，我不想談了。留待將來解決吧。」

矢木說罷，又像撫慰波子似的接著說，

「再不走，排練就要遲到了。」

波子在電車裏也還是茫然若失。

「媽媽，可口可樂車……」

品子這麼一說，波子朝窗外望去，只見一輛紅色車身的箱式貨車在急速奔馳。在程谷車站附近、遍地枯草的山崗上立著一塊廣告牌，此刻躍入她的眼簾。是招募警察預備隊的廣告。

矢木往返東京，總是乘坐橫須賀線的三等車。

因此，波子也乘三等車，平時她是經常坐二等車的。她有兩種車票，一種是三等車的定期票，一種是二等車的多次票。

品子的大量練習，對上臺表演至關重要，為了不讓她過度疲勞，和母親在一起時，一般都是讓她坐二等車廂。

進二等車廂之前，無意中看到三等廂雜亂無章。可是今天直到品子說「可口可樂車」之前，波子還沒有意識到自己是坐在二等車廂裏。

品子是個少言寡語的少女，在電車裏她很少主動攀談。

波子把坐在旁邊的品子也都給忘了，只顧左思右想，從自己的身世想到別人的命運。

波子是貴族女校出身，有許多同學嫁進了名門富家。這樣的家庭，戰敗後落魄潦倒，終日庸庸碌碌過來了，如今人到中年，更是受到舊道德束縛的折磨。

與波子和矢木的情況一樣，她的許多朋友不仰仗丈夫生活，而是依靠娘家的補貼過日子。這樣的夫婦也大都喪失了安定的生活。

「結了婚的人一個個都是非凡的哩……平凡的人只要兩人結合，也就會成為非凡的了。」

波子曾對竹原這樣說過。這是因為她看到這些朋友的例子，自己有直接體會的緣故。

維護夫婦生活的舊圍牆和基礎崩潰了，衝破平凡的軀殼，本來的非凡面目便顯露出來。

與其說是由於自己的不幸，不如說是因為他人的不幸，人們受到了必須認命的訓誡。但波子受到的訓誡不僅僅是認命。她在對別人的事感到驚訝的同時，對自己的事也醒悟過來了。

她有一位女友，多虧她愛過另一名男子，和他分手以後，才懂得與丈夫結婚的快樂。另一位女友，由於有了個二十多歲的情人，她也突然覺得丈夫變得年輕了；可她一疏遠了這個年輕男子，對丈夫也就變得冷淡，反而令丈夫起疑。於是她和這個年輕男子又重歸於好，從別的源泉汲取她傾注在丈夫身上的愛。這兩位朋友的丈夫，都沒有發現他們妻子的秘密。

在戰前，波子的朋友們縱會彼此相聚，也不曾傾談過這樣的心裏話。

電車從橫濱開出後，波子說：

「今早，妳爸爸連伊勢龍蝦也不沾筷子，大概覺得那是吃剩的吧？……」

「不是吧。」

「媽媽現在想起了一件事情。那是我們結婚後不久的事。我給客人端上點心，客人走後妳爸爸想一把抓來吃，我無意中苛刻地說：這是吃剩的，別吃了。妳爸爸露出了一副奇怪的樣子。現在回想起來，將點心分成每人一份放在碟子裏，客人吃剩下的，就總覺得髒；如果將點心放在一個大盤子裏端出來，即使吃剩，感覺便不同，真可笑啊。我們的習慣和禮儀中，這種事太多了。」

「嗯，不過，龍蝦不一樣。爸爸是不是在跟媽媽撒嬌呢？」

波子在新橋站和品子分手以後，改搭地鐵去日本橋排練場。

品子前年進入大泉芭蕾舞團之後，就在這個研究所就讀。

波子也教授芭蕾舞，但為了女兒品子，她讓女兒離開了自己。

品子常順路到日本橋排練場。在北鎌倉家中，她偶爾也會代母親教授芭蕾舞。

波子卻很少到女兒學習的研究所去。大泉芭蕾舞團公演時，她自己也盡量不在後臺露面。

波子的排練場設在一棟小樓房的地下室。

矢木讓人剝伊勢龍蝦殼，品子說，這可能是一種撒嬌的心情。波子一邊想著：竟有這種看法嗎，一邊下到了地下室。

透過玻璃門，波子看見助手日立友子正在用抹布揩拭地板，便停住了腳步。

友子在擦地板，身上卻依然穿著黑大衣。大衣領子是舊式的大翻領，下襬沒有喇叭型，而且很短。她個子比品子矮小，波子把品子的這些舊衣衫給她，所以擔心衣服下襬尺寸是否合適，其實是因為衣服樣式過時了。

「辛苦了，真早呀。」

波子說著走了進去，

「太冷了，把爐火升起來吧。」

「您早。動起來就熱了。」

友子這才意識到似的脫掉了大衣。

她的毛線衣是用舊毛線重織的，裙子也是品子的舊衣物。

友子的舞蹈比品子裊娜多姿、優美動人，讓她當波子講習所的助手未免太可惜了。波子曾規勸她和品子一起到大泉芭蕾舞團去。品子也鼓動過她。友子卻執意不肯，希望留在波子身邊。她這不僅是為了報恩，彷彿為波子盡心是自己的幸福似的。

品子登臺表演的日子裏，友子寸步不離品子，勤勤懇懇地幫忙她化妝、換裝。

友子二十四歲，比品子大三歲。

她是單眼皮。不過，經常現出雙眼皮，好像挺疲勞的樣子。

友子在煤氣爐子前接過波子脫下的外套。今天，友子又現出雙眼皮了。波子心想，她是不是邊哭邊揩拭地板呢？

「友子，妳有什麼傷心事嗎？」

「嗯，以後我告訴您。今天不提……」

「是嗎？在妳覺得合適的時候告訴我吧……不過，最好盡量早一點。」

友子點點頭，走到那邊，換上排練服又折了回來。

波子也換上了排練服。

兩人手抓把杆，開始練習屈腿動作。友子顯得與往常不同。

一大早就下起寒冷的雨。這是波子在家排練的日子，上午她為友子重新翻修了品子的舊衣裳。

鎌倉、大船、逗子一帶的少女們，放學回家前都到這兒來練舞。只有二十五人，用不著分組。但是參加的學員從小學生直到高中生，年齡參差不齊，時間也不一致，波子難以教授。她覺得這樣教也是徒勞。可是學生人數不斷增加，多少可以補貼點家計。

排練的日子，總是很遲才用晚飯。

「我回來了。」

品子走上排練場，脫下戴在頭上的白毛線頭巾。

「真冷啊。據說東京昨晚雨雪交加，早晨屋頂和庭石上都是一片雪白……我和友子一起回來的。」

「是嗎？……」

「友子繞道來研究所。」

「老師，晚安……今天我也很想見您……」

友子站在入口處對波子說完，又對學生們招呼：

「晚安。」

「晚安。」

少女們也回答了一句。大夥兒都認識友子。

品子走了進來，有的少女目光閃閃地望著她。

「友子，洗個熱水澡暖暖身子才好呢。和品子一塊去洗吧。一會兒排練完了我也去。」

波子說著轉向少女們這邊，友子繞到她後邊來。

「老師，也讓我一起練習吧。」

「是嗎？那麼，友子妳來替我一會兒……我去安排妳的晚餐，一會兒就來。」

品子走下天然岩石鑿成的台階，喃喃地說：

「媽媽，友子好像有什麼心事呢。她說今天媽媽不在東京，她感到寂寞，坐立不安吶。」

「一個星期前，她好像就有什麼事了。今天大概是來告訴我那件事的吧。」

「是什麼事呢……」

「不聽她說，是不會知道的。」

「妳再給友子一件大衣好嗎？」

「行啊。那就請您給她吧。」

波子走下兩三級台階後說。

「媽媽沒有能夠照顧她呀。友子那裏只有兩個人，可是……」

「只有她和她母親？……友子的母親也在做事吧？」

「是啊。」

「我們把她們收養到咱家來，照顧照顧她們，怎麼樣？」
「事情哪能這樣簡單呢。」
「大概是吧？……回家的時候，在電車上友子好像很悲哀地望著我呀。我的頭巾包得很嚴實，可是毛線頭巾織得很稀疏。我也知道她會從毛線縫裏窺視我，我卻佯裝不知，讓她偷看。」
「品子就是這樣一個人……」
「她直勾勾地望著我的手呢。」
「是嗎？她總認為品子的手很漂亮吧。」
「不對啊。她是用悲傷的眼神望著我的啊。」
「是因為自己悲傷，才直勾勾地望著自己認為美的東西吧。過一會兒，問問友子看看。」

「這種事無法問的……」

品子停住腳步。

兩人來到庭院裏。雨變小了。

「不知是什麼畫，總之是幅日本美人畫，臉龐很大，柔美的毛髮描畫得十分精細，睫眉深黛，上睫毛長得幾乎搆著黑眼珠……」

品子頓了頓又說，

「我看到了友子的眼睛才想起來的。」

「是嗎？友子的睫毛沒有那麼濃密嘛。」

「她眼睛往下看……上睫毛便在下眼瞼上投下了陰影。」

波子抬頭望了望傳來排練腳步聲的地方。

「品子也加入吧。」

「好。」

品子邁著輕盈的腳步登上了被雨水打濕的岩石台階。

晚飯前，品子邀友子去洗澡。友子剛把大衣脫下，品子便從後面將另一件大衣搭在友子的肩上。

「穿穿試試……」

友子依然穿著排練服。

「如果能穿，就請妳收下吧。」

友子吃了一驚，聳了聳肩膀。

「唉呀，不行，不行呀。」

「為什麼？……」

「我不能要。」

「我已經對家母說過啦。」

品子迅速脫掉衣服，進了澡盆。

友子隨後跟來，抓住澡盆邊說：

「矢木先生已經洗過了嗎？」

「家父嗎？洗過了吧。」

「令堂呢？……」

「下廚房去了。」

「我先洗，多過意不去啊。我只沖沖吧。」

「沒關係，別介意……天冷吶。」

「冷倒無所謂……我已經習慣用涼水擦汗了。」

「跳完舞以後……」

品子大概沒在水中過深，她晃了晃被濡濕的髮際，用手捋了捋，

「我家的澡堂太窄了。被焚毀的東京研究所澡堂就很寬，好極了。小時候我常和妳光著身子在沖澡處練舞，妳還記得嗎？」

「記得。」

友子人云亦云地應了一聲，猛地將身子蜷縮起來，趕忙泡在熱水裏，像是要把身子藏起來似的。

然後她用雙手掩著臉。

「我修建自己的房子時，將修個大澡堂，舒舒坦坦地……也許在那裏還可以練舞。」

「記得那時候，我的膚色黝黑，我很羡慕品子……」

「妳的膚色並不黑呀，這種顏色很有風采……」

「瞧妳說的。」

友子羞答答的，無意中握住品子的手望了又望。品子詫異地問道：

「妳怎麼啦？」

「沒什麼。」

友子邊說邊將品子的一隻手放在自己的左掌上，然後用右手抓住品子的指尖瞧了瞧，接著又將品子的手翻過來，這回打量了一番掌心。她溫存地摸了摸，旋即又放開了。

「這是寶貝。是一雙優雅的靈魂的手啊。」

「我不讓妳看了。」

品子將手藏放在熱水裏。

友子從熱水裏伸出左手，把小手指直放在嘴唇邊上。

「是這樣吧？」

「哦？」

友子又將自己的手沉沒在熱水裏說：

「在電車上……」

「啊，這樣？……」

品子說著舉起右手，猶豫了一下，然後將食指和中指的指尖輕輕觸了觸嘴唇的斜下方。

「這樣？……中宮寺的觀音菩薩？……廣隆寺的觀音菩薩？……」

「不對。不是右手，是左手。」友子說。

品子將無名指尖貼在拇指指肚兒上，模仿著觀音或彌勒的手勢。她的臉部表情自然而然地也隨著佛的思維而變化，微低下頭，安詳地閉上了眼睛。

友子正要驚叫，又忍了回去。

轉眼之間，品子睜開眼睛。

「不是右手嗎？不是右手就顯得有點滑稽哩。」

品子望了望友子，

「廣隆寺的另一尊觀音菩薩，與中宮寺的觀音菩薩的手指很相似，那是尊禦物金銅佛像；大頭的如意輪觀音伸直指頭，是這樣的呀。」

品子說著，漫不經心地將指尖放到下巴頰右下方。

「這是模仿家母的舞蹈動作學會的。」

「這動作不是佛的姿態，是品子的自然手勢，將左手這樣……」

友子說著，像方才那樣將左手的小手指放在嘴唇邊上。

「啊，這樣……」

品子也照樣做了一個動作。

「佛是用右手，人就是用左手了吧。」

品子說著笑了笑，從澡盆裏走出來。

友子仍泡在澡盆裏。

「是啊。人思考問題的時候，大多是用左手托腮……在回家的電車上，品子這樣做的時候，手背白淨、手掌心卻呈淡紅色，嘴唇格外好看。」
「瞧妳說的。」
「真的，看上去嘴唇突出，活像蓓蕾。」
品子低下頭洗腳。
「我總是這樣的啊。就拿這個來說，也許是不知不覺間就模仿了家母的舞蹈動作。」
「品子妳再做一次廣隆寺佛的手勢……」
「這樣？……」
品子挺起胸脯，閉上眼簾，將拇指和食指屈成圓圈，放近臉頰。
「品子，妳跳佛手舞吧。讓我來跳禮拜佛的飛鳥少女……」
「不行啊。」

品子搖搖頭，不仿效佛的姿態了。

「那尊觀音菩薩的胸膊是扁平的啊。沒有乳房哩。不是男性嗎？沒有拯救女人的願望……」

「啊？」

「在澡盆裏模仿佛的姿勢是萬萬不該。以這樣的心情是不能跳佛手舞的。」

「噢。」

友子如夢初醒，從澡盆裏走了出來。

「我可真心希望的啊。」

「品子，我又何嘗不是說真心話呀。」

「那自然是囉。不過我希望妳能為我跳舞。」

「嗯，等我有點佛心再跳吧。等我想跳日本古典舞的時候，遲早總會……」

「遲早可不行……說不定明天就死了呢。」

「誰明天就死？」

「人……」

「是嗎，那就沒辦法囉。如果明天就死，那麼就今晚在澡盆裏模仿跳佛手舞吧。」

「是啊。不光是模仿，要是想跳就更好，即使明天死也……」

「明天不會死的。」

「所謂死，只是打個比喻；所謂明天，也只是……」

「夜半暴風雨的……」

品子剛說了半句，又緘口不言，看了看友子。

眼前立著友子水靈靈的裸體。雖說友子的肌膚比品子黑，可在品子看來，友子的膚色有著微妙的變化，不同地方濃淡有致。比如，脖子是棕色的，胸脯隆起，從乳根到乳峰漸漸變白，心口窩又有點發暗。

「品子說沒有拯救女人的願望，是真心話嗎？」

友子喃喃地說。

「這個？也不是開玩笑。」

「咱們兩人跳佛手舞吧。我也跳……令堂的佛手舞原是獨舞。不過，我覺得添一個禮拜佛的飛鳥少女也未嘗不可。作曲時只需略添幾筆……」

「穿插拜佛舞，佛舞就更好跳了吧。因為可以更逼真……」

「我不是說話造作……我禮拜品子的舞蹈，是損傷還是激勵品子的佛手舞呢？我沒有自信。儘管如此，讓我和品子兩人努力創作禮拜的少女舞吧。這還得請令堂指導呢……」

品子有點被友子的氣勢所壓倒。

「雖是跳舞，受到人家禮拜總覺得不好意思，非常……」

「我很想跳禮拜品子的舞蹈哩。為了紀念青春的友情……」

「紀念？……」

「是啊。紀念我的青春……就是現在，我一閉上眼睛，品子妳的眼簾彷彿就是佛的眼簾哩。這就夠了。」

友子很快地這麼改口說。品子意識到最近的將來，友子將要離開母親和自己而去。

晚飯後，友子也下廚房幫忙，這時波子來了。

「妳父親在聽新聞廣播，看樣子非常憂鬱。這裏完事後，就到妳的廂房去吧。妳父親患了通常的戰爭恐懼症……」

波子小聲說。

「他說只能活到下一次戰爭了。」

品子她們止住話聲，七點的新聞廣播結束了。

「他情緒不好，問妳們在廚房那麼高興嚷嚷什麼？」

品子和友子彼此望了望。

「戰爭又不是你我發動的嘛……」

四、五天以前，聯合國軍已經逼近中國國境，逐漸轉入最後總反攻。不料中國二十多萬軍隊越過國境開進朝鮮，聯合國軍開始全面退卻。形勢急轉直下。麥克阿瑟司令官在十一月二十八日聲明：「我們面臨著一場新的戰爭，」「迅速結束朝鮮戰亂已是不可能了。」美國總統在十一月三十日舉行的記者招待會上說：「政府正在考慮：朝鮮面臨新的危機，必要時將不惜對中國軍隊使用原子彈。」又說，英國首相將赴美，同美國總統舉行會談。

波子晚了二十分鐘才到品子的廂房裏。

「雨已經停了，外面很冷。友子，妳就在這裏過夜吧。」

「嗯。」

品子代她回答說，
「我們也打算在家裏過夜，才一起回來的。」
「是嗎？」
波子靠近火盆坐下，看到放在那裏的大衣，便說：
「品子，這個，妳決定送給友子穿嗎？」
「是啊。可是友子怎麼也不肯收。她說，戰爭結束後我做了三件大衣，其中兩件都給了她，多不好意思呀。這種計算像是滿有道理……」
「不是計算。」
友子打斷她的話頭，
「我是想，今後還會下雪，品子沒有大衣替換就不好辦了。品子進後臺，總不能穿髒大衣，所以……」
「那沒關係。其實我也是今天早上試著改了改品子的舊衣服……」

波子換了一口氣，接著又說：

「不過，都是舊大衣和舊衣服，不頂什麼用，湊合著穿吧。友子，妳有什麼難過的事……今晚就說出來吧。」

「嗯。」

「只要我力所能及，無論什麼事，我都會幫妳忙的。以前我無論有什麼事，妳都到我這兒來幫忙。所以說是妳幫我忙，而不是我幫妳忙呀。這些年月，妳在我身邊為我盡力，我覺得，這是我一生中最寶貴的時光。這段時光很短暫，不可能永遠持續下去，所以我必須珍惜妳。一旦友子結婚，這段時光也就完結了。」

「友子，妳不是為了婚姻問題而苦惱吧。」

友子點點頭。

「我從孩提時代起，就習慣於過分地接受人家的好意和親切照顧；妳的好意，我也領受得夠多的了。這點我自己很清楚。有時我也會想，或許妳早點結婚、離開我更好……」

波子說著，望了望友子，

「妳的結婚、成就、生活，一切的一切簡直可以說都為我做出了犧牲。妳是真心誠意地為我獻身啊。」

「什麼犧牲，這……我這樣依賴老師，我的生活才有意義。我淨受老師和品子的照顧了。哪怕是盡棉薄之力，假使我能夠為老師獻身，也會感到幸福。對一個沒有信仰的人來說，只有獻身才是幸福……」

「是嗎？對一個沒有信仰的人？……」

波子重複友子的話，自己彷彿也在思考著這句話似的。

「這麼說來……」

品子嘟噥說。

「戰爭結束的時候，品子虛歲十六，友子十九……」
「妳總說自己是個沒有信仰的人，所以對我也獻出全力……」
波子話音未落，友子搖搖頭說：
「我有事瞞了老師。」
「瞞我？……什麼？關於妳生活的艱辛？……」
友子又搖了搖頭。
波子反問友子，友子沒有回答。
「如果不便對我說，以後對品子說也可以。」
波子留下話，很快就回到上房去了。
床鋪並排，熄滅了床頭燈之後，友子對品子說起自己想離開波子、到外面工作的事。
「我猜到大概就是這件事。家母也說沒能很好地照顧妳，於心不安呢。」

品子在枕上轉過頭來說，

「不過，既然是這件事……」

「不，我們倒沒什麼。不是為了我和家母的事。」

友子支吾起來。

「孩子生病沒法子啊。孩子的生命至關緊要。」

「孩子？……」

友子怎麼會有孩子呢。

「妳說孩子，是誰家的孩子？……」

友子坦白了，這是她喜歡的人的孩子。這人的兩個孩子都因為肺病住院了。

「他的妻子呢？……」

「他妻子身體也很虛弱。」

「是個有婦之夫？……」

品子突然尖銳地說了一句，然後又壓低了嗓門兒：

「孩子也？……」

「嗯。」

「為了他的孩子，友子要去工作？」

品子這麼一問，友子沒有回答。黑暗中，品子喊了一聲：

「友子！」

「這也是友子所說的獻身嗎？我真不明白啊。我不明白他的心情，他自己的孩子生病，幹麼要讓妳去工作？……」

品子的聲音顫抖了。

「妳喜歡這種人？」

「不是他強迫我去工作，而是我自己想這麼做。」

「一樣的嘛。他真無情啊。」

「品子，妳錯了……孩子的病，難道不是我喜歡他之後，天降給他的災難或命運嗎？他身上發生的事，也就等於是我身上發生的事嘛。」

「可是……他的妻室和孩子會接受妳提供的療養費嗎？」

「我的事，他的妻子和孩子一無所知。」

品子頓覺嗓子眼堵塞了。

「是嗎？」

她壓低嗓門兒，

「孩子幾歲？」

「老大是女兒，約莫十二、三歲了。」

品子想從孩子的年齡來推測孩子父親的歲數。她估計友子的情人可能是四十開外吧。

品子睜開眼睛，一言不發。在幽暗中，她聽見友子移動枕頭的聲響。

「我要是想生孩子早就生了。可能是生個結結實實的娃娃呢。可是……」

品子聽起來，這簡直是白癡的話。她覺得友子是個不貞潔的人，不由地討厭起來。

「這是我自言自語。對不起。」

友子感覺到品子有所警戒。

「我沒臉見妳啊。不過，假使我不把這個談出來，我就虛偽了。」

「一開始妳就虛偽了嘛。妳為對方的孩子獻身，難道不是虛偽嗎？即使聽了方才那番話……是虛偽嘛。」

「不是虛偽啊。雖然不是我的孩子，卻是他的孩子。再說，這是事關人命的問題。他愛護的我就愛護，他難過的我也難過，即使這不是真正的最高的真實，卻是令我揪心的現實啊。就是妳責備我道德敗壞，或是我可憐自己沒有理智，都不能治好他孩子的病吧？」

「可是，妳想過沒有，即使把病治好了，往後他們知道是妳出的錢，他的妻子和孩子會是什麼樣的心情呢？難道她們會向妳道謝不成？……」

「人淨考慮這些，可結核菌卻不饒人啊。往後那孩子可能會憎恨我。不過即使憎恨我，也說明她活下來了。如今他拚命為孩子生病的事奔波，我也要拚命幫助他，僅此而已。」

「他拚命不就行了嗎？」

「一個老老實實靠薪水生活的人，怎麼能賺大錢？」

「那麼妳又怎麼樣賺錢呢？」

友子似乎說不出口，最終也坦白了，她要到淺草的小屋去上班。

從她的口氣裏，品子感覺到她是要去當脫衣舞女了。

友子愛上一個有婦之夫，為了籌措他那病兒的療養費，自己去當脫衣舞女，這使得品子驚愕不已。

判斷善惡，如同落入了噩夢。品子不知如何是好。難道這也是女人愛的獻身、愛的犧牲嗎？現實似乎是，友子已經決定到淺草小屋去讓人看裸體了。

從童年時代起，她們倆就互相勉勵，即使在戰爭年代，兩人也悄悄地繼續練習古典芭蕾舞，誰料得到如今友子竟把它派上這種用場。

品子知道，不論是憤怒制止，或哭泣哀求，死心眼的友子都會斷然拒絕，走她自己認定的路。這是無疑的。

「如今時興講所謂自由、自由，我也有自由把我的自由獻給我所愛的人，這樣做是我的自由。我也有所謂信仰的自由啊。」

有一回品子曾聽友子這樣講過。她以為友子所愛的人大概是指自己的母親吧，豈料那時候友子已經愛上了這個有婦之夫呢。

今晚在洗澡間裏，友子一反常態，在品子面前靦靦腆腆的，大概是因為近期就要去當脫衣舞女的緣故吧。

品子腦子裏浮現出女子的裸體來。友子可能也懷過孩子了吧。

第二天早晨，友子醒來，品子已不在床鋪上了。

是不是睡過頭了？友子趕忙拉開擋雨板。

友子睡在被長滿松杉的群山環抱的山窩處。透過竹叢對面、西邊小山的稀疏松林，可以依稀望見富士山。從東京的廢墟前來的友子深深地吸了口氣。她覺得有點頭昏目眩，一手抓住玻璃門蹲了下來。

像是軟枝海棠的枝椏低垂在她眼前。枝椏之下，綻開著小株的山茶花。花是深紅色的，花瓣斑駁。

波子拖著木屐從正房走來，站在院子裏招呼道：

「早啊。」

「老師，您早。這裡太安靜，我貪睡了。」

「是嗎？沒睡好吧。」
「品子呢？……」
「天還沒亮她就鑽到我的被窩裏，把我弄醒了。」
友子仰望著波子。
波子從臉面到胸脯都投上了竹葉的影子。
「友子，這個……妳把它放在妳那兒的手提包裏……賣掉好了。」
話音未落，波子就將手裏拿著的東西遞給友子。友子不肯接受，說：
「這是什麼？」
「戒指。讓人發現不好，快點收起來吧。今天早上品子把情況都告訴我了。我也想把這間廂房賣掉。妳稍等一些時候吧。」
友子手裏拿著裝有戒指的小盒，熱淚盈眶，突然跪了下來。

冬天的湖

傳來《天鵝湖》的樂曲聲。

這是芭蕾舞的第二幕，白天鵝的群舞。

繼白天鵝和王子齊格飛的緩慢樂曲之後，四隻小天鵝翩然起舞；接著兩隻大天鵝翩翩起舞……

伏在簷廊邊上的友子驀地挺起了胸膛。

「品子？……是品子。」

友子被音樂吸引，新的眼淚又撲簌簌地從臉頰流淌下來。

「老師，品子獨自起舞吶。昨晚我告訴她一些不愉快的事情，她為了消愁解悶，才跳起來的。」

「跳四隻小天鵝吧？四人舞……」

波子說著，抬頭望了望山岩上的排練場。

後山松樹那邊的天空，飄浮著一片白雲；晨曦從它的邊際到中心透出了霞彩。

友子眼前浮現出羅曼蒂克舞蹈的舞臺場面。

月夜，山上的湖，一群白天鵝游到岸邊，變成了美麗的少女，翩翩起舞。她們都是惡魔羅特巴爾特用魔法變成天鵝的少女，只有晚上、在這個湖畔，她們才能短暫地恢復人形。

白天鵝和王子相愛，立下海誓山盟，也是在第二幕。據說過去從未戀愛過的年輕人一旦產生了戀情，就可以靠愛情的力量，破除魔咒。

友子等待著繼續播放《天鵝湖》的曲子。可是只放了第二幕的白天鵝舞，排練場便鴉雀無聲了。

「結束了……」

友子彷彿要追逐夢幻似的，

「我希望再跳下去啊。老師，如今聽見音樂，我就能看見品子的舞姿。」

「是吧。因為妳非常瞭解品子……」

「嗯。」

友子點點頭。

「不過……」

友子正想說什麼，熱鬧的節日音樂又響徹雲霄；她像是醒悟過來。

「噯唷！《彼得洛希卡》[20]？……」

彼得堡的廣場、魔術團的小屋前，參加狂歡節的人群都翩然起舞。

這是由斯托科夫斯基[21]指揮、費城交響樂團演奏、勝利公司出品的黑膠唱片。

友子眼裏噙滿了淚水，晶瑩欲滴。

「啊，真想跳啊。老師，我這就跟品子去跳。」

友子站起身來。

「向芭蕾舞告別……跳《彼得洛希卡》中的節日舞倒也不錯呀。」

波子折回正房，和矢木兩人共進早餐。

高男老早就到學校去了。

從排練場不斷傳來《彼得洛希卡》第四場的樂曲聲。

「今早，狂歡節舞吵吵鬧鬧的。」

矢木說，

「簡直是偉大的噪音。」

《彼得洛希卡》是一幕四場的芭蕾舞劇，第一場和第四場同景，在狂歡節廣場。第四場時間臨近日暮，人山人海，亂哄哄的，顯得更加激越沸騰。

組曲的唱片把第四場窗際的熱鬧氣氛，灌製了三面，手風琴、銅管、木管樂

20 Petrouchka，俄國作曲家史特拉汶斯基（Stravinsky）的一齣芭蕾舞劇。（編注）

21 列奧波爾德・斯托科夫斯基（Leopold Stokowski, 1882-1977），英國指揮家。一九一二—三八年任費城交響樂團指揮。（編注）

器的交響，糾結、高漲，描繪出雜遝的狂熱氣氛。接著，是搖籃曲舞、農民牽熊舞、吉普賽舞、車夫與馬僮舞，還有集體化妝舞，所謂「偉大的噪音」，好像是某人聽了《彼得洛希卡》後發表的言論。

「品子她們跳哪個角色呢？」

波子這麼說道。節日的人們，都是即興起舞的，千姿百態，令人眼花繚亂。不久，雪花紛飛，鎮上華燈初上，熱鬧而粗獷的音樂達到高潮。這時候丑角偶人彼得洛希卡沒能得到舞姫偶人的青睞，最終在節日的人群中遭情敵摩爾偶人殺害。隨著彼得洛希卡的幽魂出現在魔術團小屋的檐前，這齣悲劇的帷幕也徐徐降下了。

品子她們的節日音樂，仍在反覆播出，響徹了整個飯廳。

「早餐前播放音樂，倒是挺歡快的。品子她們不至於在思考尼金斯基的悲劇吧。」

矢木自言自語，把臉轉向了排練場。

波子也朝同一個方向望去。

「尼金斯基？……」

「對。尼金斯基的精神失常，不正是戰爭的犧牲品嗎？據說他的腦筋開始不正常的時候，猶如在夢囈一般，順口說出什麼俄羅斯啦，戰爭的。尼金斯基早先是個和平主義者，也是托爾斯泰主義者。」

「今年春上，他終於在倫敦的醫院逝世了。」

「他精神錯亂以後，從第一次世界大戰到第二次大戰，之後他還整整活了三十多年。」

矢木這麼說道。也許他想起了彼得洛希卡是尼金斯基的拿手角色吧。

最近，在研究《平家物語》[22]和《太平記》[23]等古典戰爭文學的基礎上，矢木撰寫了專著《日本戰爭文學中的和平思想》。

今天上午在執筆之前，矢木的思緒被品子她們的「彼得洛希卡」打亂了。
曲終之後，品子和友子沒有到正房來，波子便去看她們，只見品子一個人直愣愣地坐在排練場上。
「友子呢？……」
「回去了。」
「不吃早飯就走了？……」
「她說把這個還給媽媽……」
品子手裏攥著小戒指盒。
品子沒遞過去，波子也沒想接下這個戒指盒。
「我一個勁地挽留她說：媽媽和我都要出門的，一起走吧。友子不聽，還是執意說『我回去了』。」

品子邊說邊站起身來，向窗邊走去，

「她真奇怪啊。」

波子依然坐在椅子上，久久地望著品子的背影。

「這樣站著會著涼的。去換件衣服，吃早飯吧。」

「嗯。」

品子在排練服上套了一件大衣。

「友子她說不好意思見爸爸。」

「也許是吧。昨天晚上她哭了，滿臉睡意朦朧的神態……」

「我起先也睡不著，後來疲乏不堪，渾身無力，便沉沉入睡了。」

品子從窗前轉過身來。

22《平家物語》，日本十三上半期的著名戰爭小說，描寫武士階級的興起。
23《太平記》，日本十四世紀的戰爭小說，描寫日本南北朝的戰亂。

「嗯，可是，她還是穿上大衣回去了。她說，她會帶走媽媽給她修改的那件毛織連衣裙……」

「是嗎？那太好了。」

「友子還說：現在和媽媽分開、出去工作，但她一定還要回到媽媽身邊來。」

「是嗎？」

「媽媽，友子的事，那樣處理好嗎？為什麼您打算給她……」

品子直勾勾地望著母親，走上前來。

「也不能不讓人家離開啊。我只好讓她走了。」

「媽若早點覺察就好了。媽覺得她的情況很早就有變化了，可是她為媽盡心盡力，卻是始終不變；可以說，友子隱瞞得很高明呀。」

「那個人很壞，她不好向您坦白。我讓她離開他！」

品子斬釘截鐵地反覆說了好幾遍，

「不過，要瞞住媽媽太容易了。」

「品子，妳也有什麼事瞞著媽媽吧？」

「媽媽，您不知道，爸爸的……」

「爸爸的什麼？」

「爸爸的存款……」

「存款？爸爸的？……」

「爸爸不讓家裏人知道，將存摺放在銀行裏。」

波子顯出詫異的神色，臉色倏地煞白了。

瞬間，一股無法形容、羞愧的熱血起伏沸騰，波子的臉一僵。

這種羞愧也感染了品子。品子的臉頰同樣泛起紅潮，反而按捺不住自己的情緒。

「是高男先發現的。高男偷了出來；我也知道了。」

「偷？……」

「高男悄悄地把爸爸的存款提取出來了。」

波子放在膝上的手顫抖起來。

據品子說，愛護父親的高男覺得父親讓母親維持家計，全然不顧母親的辛勞，自己還偷偷私下存款，這畢竟是不能寬恕的，他就把父親的存款給提取出來。將來父親看見存摺、知道存款已被取走，自然明白這是家裏人做的。父親大概會認為這是對自己的無聲譴責，或者警告。

「連存摺都存在銀行，存款卻被家人提取出來，爸爸不知是什麼樣的心情呢。」

品子站立不動，

「我覺得爸爸也夠殘忍的，很像友子的那個對象呀。」

「是高男偷的？」

波子好不容易才用顫抖的聲音嘟噥了一句。

波子羞愧得無地自容，連女兒的臉也不敢看一眼。她恐懼萬分，一股涼意爬上脊背，不禁打了個寒顫。

矢木除了在某大學任教，還在兩、三所學校兼職。現在到處成立了許多新制大學。有時他還到地方學校作短期講課。除了薪水，他多少還有些稿費和版稅收入。

矢木沒有將自己的收入情況告訴波子。波子也不是非要知道不可。結婚之初，波子就養成了這種習慣，現在也很難改過來。這是由於波子的關係，也是由於矢木的關係。

波子雖然覺得丈夫卑俗、狡猾，但做夢也沒想到他竟瞞住家人，自己私下儲蓄。儘管存款是好事，但連存摺都放在銀行就有點蹊蹺。如果是養家的男人這樣做還情有可原，然而矢木的情況則完全不是這樣。

波子也知道矢木要繳納所得稅。但他不是從自己家去納稅，而是把學校宿舍或者什麼地方作為納稅地點。波子並不介意，覺得丈夫這樣做或許會方便些。現在她懷疑起來：矢木向自己隱瞞收入，是不是對自己有所警惕呢？

波子不禁毛骨悚然。

「我的一切一切，哪怕全部失去也沒關係。我毫不可惜啊。」

波子邊說邊用手按住額頭站了起來，從唱片架旁邊的書架上，抽出了一冊什麼書。

「好了，走吧。」

「索性像友子那樣更好，我們也變得一無所有，讓爸爸來撫養我們吧。這樣一來，高男和我都要自食其力囉。」

品子攙著母親的胳膊走下岩石台階。

波子在去東京的電車上，不想對品子談論友子和矢木的事，想看看書。她帶了一本有尼金斯基傳記的書。

這是剛才波子茫然地從書架上抽出的那本書。她心想：可能還是矢木所說的「尼金斯基的悲劇」，在腦子裏旋蕩的緣故吧。

「假使再爆發戰爭，就給我氰酸鉀，給高男深山裏的燒炭小屋，給品子那種像十字軍時代的鐵製貞操帶吧。」

這是在品子她們播放的《彼得洛希卡》曲終時，矢木說的一句話。波子像是要掩飾油然生起的厭惡情緒說：

「給我什麼才好呢？你不是把我給忘了吧？」

「啊，對，我忘了一個人。那就讓妳自己決定，從這三樣東西中選一樣喜歡的吧。」

矢木說著，放下手裏的報紙，把臉抬了起來。

丈夫一副和顏悅色的樣子，弄得波子有點手足無情。她只揀報上的大字標題瀏覽了一眼，矢木又接著說：

「還有一個問題：誰來收著品子貞操帶的鑰匙呢？就由妳自己負責吧。」

波子平靜地站起身來，向排練場走去。

她覺得這種玩笑實在令人生厭。當她知道矢木存款的秘密後，想起這個玩笑，就不禁感到有點害怕了。

「今早，妳父親聽了《彼得洛希卡》，就說：品子她們不至於在思考尼金斯基的悲劇吧。」

波子對品子說罷，遞給她一本《芭蕾舞讀本》。這是一位正在訪問日本的蘇聯芭蕾舞演員撰寫的書。品子接過書，卻說：

「這本書我讀過好幾遍了。」

「是啊，我也讀過，可不知怎的竟把這本書拿了出來。妳父親說：尼金斯基不就是戰爭和革命的犧牲品嗎？……」

「不過，尼金斯基還在上舞蹈學校的時候，就有位醫生說過：這少年將來總有一天會發狂。」

品子的聲音被電車過鐵橋的聲音蓋了過去。她凝視著六鄉的河灘，彷彿回憶起什麼。電車過鐵橋不久，她又開腔說道：

「這位叫塔瑪拉．圖曼諾娃的芭蕾舞女演員，也是個可憐的革命戰士之子吧。她父親是沙俄的陸軍上校，母親是高加索的少女，父親因革命負重傷，母親被射中下巴頦，在用牛車護送去西伯利亞途中，生下了塔瑪拉。是在牛車上……她們在西伯利亞流浪，後來被攆出國，亡命到了上海。她們在那裏看了前來巡迴演出的安娜．巴甫洛娃的舞蹈，小塔瑪拉．圖曼諾娃便想成為舞蹈家……圖曼諾娃在巴黎歌劇院演出《珍妮的扇子》，名噪一時，被譽為天才少女，當時她才十一歲。」

「十一歲？……安娜・巴甫洛娃到日本演出《天鵝之死》[24]，是在大正十一年[25]。」

「是在我出生之前啊。」

「是啊……在我結婚之前，那時我還是個女學生呢。巴甫洛娃逝世正好是十年前的事。記得她享年五十，巴甫洛娃來日本時，也就是媽媽現在這個年紀吧。」

塔瑪拉・圖曼諾娃是在被送往西伯利亞的牛車上出生的。她從上海去巴黎。在上海看到那樣的舞蹈，這回在巴黎，自己的舞蹈又得到了安娜・巴甫洛娃的賞識。她們幸運地相遇了。世界第一流的芭蕾舞演員，看了幼年的圖曼諾娃的排練也感動了。小舞蹈演員竟能與自己崇拜的巴甫洛娃一起，在特洛卡德路的舞臺上同台演出。

後來圖曼諾娃加入蒙地卡羅俄羅斯芭蕾舞團，又在喬治・巴蘭欽等人的

「芭蕾・一九三三」裏成為首席舞蹈演員。[26]當時年僅十四歲。

據說這位小個子少女，臉上一副憂鬱的神色，舞蹈起來總令人覺得有幾分寂寞的影子。

「目前她在美國表演吧。該有三十歲了。」

---

24 塔瑪拉・圖曼諾娃（Tamara Toumanova, 1919-1996），俄裔美國人，芭蕾舞伶暨女演員，文中所述《珍妮的扇子》（L'Éventail de Jeanne）為一齣兒童芭蕾舞劇。安娜・巴甫洛娃（Anna Pavlova, 1881-1931），咸認最著名且最受歡迎的古典芭蕾舞者之一，是俄羅斯皇家芭蕾舞團的台柱。巴甫洛娃和舞團成員成功創造了《天鵝之死》中的角色，並在世界各地舉行巡迴演出。（編注）

25 即一九二二年。

26 圖曼諾娃十二歲時，知名舞蹈家、後被稱為美國芭蕾之父的喬治・巴蘭欽（George Balanchine, 1904-1983）將她延攬進蒙地卡羅俄羅斯芭蕾舞團（Ballet Russe de Monte Carlo）；而「芭蕾・一九三三」（Les Ballets 1933）則是巴蘭欽於隔年組的舞團，只維持了六年。（編注）

品子想起來似的說，

「我經常從香山先生那裏聽到有關圖曼諾娃的消息。那是在香山先生率領我們慰勞軍隊、工廠或傷兵演出的時候，我也才十五歲上下……大概和作為天才少女的圖曼諾娃在蒙地卡羅俄羅斯芭蕾舞團、以及『芭蕾・一九三三』跳舞時是同年吧。」

「是啊。」

波子點點頭。她難得聽到品子提起香山這個名子，不由得豎起耳朵。

然而，波子又把話岔開了。

「在英國，芭蕾舞團也到前線、工廠和農村去慰勞演出，一般群眾也受芭蕾舞的魅力所吸引，這不就是戰後芭蕾舞盛行起來的原因之一嗎？在日本，流行芭蕾舞，是不是也有這個因素呢？……」

「怎麼說呢。在受到戰爭壓抑的、個性的解放中，女性的解放是以芭蕾舞的形式表現出來的。我認為這種說法很對。」

品子回答，

「不過，與香山先生一起的慰勞之旅，也教我很懷念啊。就連去東京，我也常想：回去時不知還能不能活著渡過這座六鄉川上的鐵橋呢。去敢死隊基地一邊跳舞的時候，一邊就想：我也在這兒死掉算了。能坐上卡車就很不錯，有時還得搭牛車呢。牛車上，香山先生告訴我們塔瑪拉．圖曼諾娃在牛車上出生的故事，我哭了。當時由於遭到空襲，城市正在燃燒，飛機臨近的時候，我們就從牛車上跳下來、躲到樹下。香山先生也說，我們就像被革命追趕的俄國人。我覺得或許那時比現在還幸福，因為那時沒有彷徨，也沒有疑惑……一心只想慰勞為國而戰的人，於是拚命地跳舞。有時也跟友子一起跳。我才十五、六歲。旅途上隨時都可能會死，我卻一點也不害怕，因為心中有個信仰在那裏支撐著……」

那趟旅行，香山用臂膀保護著品子。品子至今還覺得，他的胳膊彷彿依然搭在自己的肩上。

「不要再談戰爭的事了。」

波子本打算輕輕地說，豈料聲音變得格外嚴厲。

「好吧。」

品子掃視了四周一眼。心想：會不會被別人聽見呢。

「哦，六鄉的河灘也發生了各種變化。從前那裏有高爾夫球場吧。戰爭一爆發，它就被移作軍事教練場，後來又漸漸受人耕耘，一片河灘都變成麥地和稻田了。」

品子說罷，不時想起與香山在戰火中旅行的美好回憶。

「戰爭的時候，不會去想那些多餘的事。」

「那時妳年紀還小，大家都被剝奪了獨立思考的自由。」

「您不覺得戰爭期間，我們家比現在還和睦嗎？」

「是嗎？……」

波子一時無言以對。

「那時我們全家都在一起，不像現在各奔東西，縱令國破山河碎，家庭也沒有崩潰。」

「是不是由於我的緣故？……」

波子終於說了出來，

「那個嘛……品子所說，可能是真實的。不過在這種真實當中，也可能有不小的虛假和錯誤吧。」

「嗯，有啊。」

「另外，用現在的眼光，已經不能正確判斷對過去的回憶了。一般來說，過去的事往往總令人懷念。」

「是啊。」

品子直率地點了點頭。

「眼下您的痛苦，要成為昔日令人懷念的回憶，得經歷萬水千山啊。」

「萬水千山？……」

波子對品子的這種說法，嫣然一笑。

「經歷萬水千山的是品子嘛。」

品子沉默不語。

「假使沒有戰爭，這會兒妳可能在英國或法國的芭蕾舞學校跳舞啦……」

那時在皇宮護城河畔，波子曾對竹原說過：「也許我也跟著去了。」她現在沒有對品子說。

「戰爭嚴重耽誤了我的課業。即使媽媽把全部精力都用上去，但要取得成功，恐怕也得等到我的孩子那一代了。在日本，要出一個獨當一面的芭蕾舞演員，也許要花三代人的心血吧？」

「沒有的事。妳這代就辦得到。」

波子用力地搖頭。品子垂下眼簾說：

「我不生孩子。我是這樣想的，在世界和平實現以前，絕不生孩子。」

「哦？」

波子好像挨了當頭一棒，望了望品子。

「不要隨便就說什麼絕對啦、橫豎啦之類的話，品子……那不是戰時用語嗎！」

波子半責備半開玩笑地說，

「叫媽媽好不擔心啊。」

「喲，我只說過這麼一次，沒有隨便說嘛。」

「在電車上突然宣稱什麼在世界和平實現以前，品子絕對不生孩子，媽媽自然不知如何是好了。」

「那麼，我換個說法：品子我要獨身跳舞，等待世界和平的到來。媽媽，這樣可以了吧？」

「這簡直是舞蹈宗教式的辯解嘛。」

波子把話題岔開。她還沒有理解透品子的真意，品子的話依然留在她心坎上。品子是不是害怕在牛車上生孩子的日子，也會降臨到日本來呢？或是她把香山埋在心底裏，她的所謂等待和平，意味著她在等待香山呢？

從品子的談吐中，波子顯然也明白，香山成了品子愛的回憶。這個回憶，現在還在她的心中盤旋著，而不是作為回憶讓它過去。波子自己對竹原的回憶也有切身的體會。她現在更加體會到少女愛的回憶，是多麼不易拂去啊。品子愛的回憶，之所以仍是平靜的，或許是由於品子還沒有與別的男人結合的緣故。毋寧說品子結了婚，更能喚起對香山的寂寥回憶。二十年後說不定……波子以自身作比較，也這樣想了。

昨天晚上友子的坦白，是否也觸動了品子什麼呢？今天早起，品子對母親東拉拉西攪攪說了許多話。

波子聽品子說「在日本，要出一個獨當一面的舞蹈演員，也許得花三代人的心血」，不禁嚇了一跳。

品子所說的「戰爭期間我們家更和睦」，這是由於受到糧食奇缺和生命危險的威脅，家庭小，彼此能抱成團。波子對丈夫不斷產生疑惑、愈來愈失望，也是戰敗後的事。父親母親的隔閡，也波及到品子和高男。波子難過極了。品子說「縱令國破山河碎，家庭也沒有崩潰」，這倒是不假。

波子沉默了一會兒。這時候，品子又在想什麼呢？

「朝鮮的崔承喜現在怎麼樣了？」

「崔承喜？……」

「她也是革命的孩子啊。據說朝鮮戰爭爆發前，她去了北朝鮮，也許已是革命的母親了。品子觀賞崔承喜的首次舞蹈會，和塔瑪拉·圖曼諾娃在上海欣賞安娜·巴甫洛娃的舞蹈，差不多是同個年紀吧。」

「對，那是在昭和九年[27]或十年吧。那時媽媽驚呆了。無言的舞蹈讓我感受到朝鮮民族的反抗和憤怒。舞蹈激烈、豪放，好像在燃燒、掙扎。」

「品子記得最清楚的，大概是崔承喜紅得發紫以後的事吧？她頃刻間紅起來……不過，在歌舞會座和東京劇場的表演會上，闊氣的人去觀賞的也並不多。」

「她從美國到歐洲去表演了吧？」

「對啊。」

波子點點頭，

「據說，起先崔承喜是想成為聲樂家。崔承喜的哥哥非常讚賞來京城演出的石井漠[28]先生的舞蹈，就請石井漠先生收他妹妹為弟子。石井漠便將崔承喜帶來日本。那時候，她剛從女校畢業，才十六歲……」

「正是我跟隨香山先生四處演出的年紀啊。」

品子接著說了一句。

波子又繼續講下去：

「也許有這種看法：因為是石井漠先生的弟子，也就繼承了先生的舞蹈。在首次表演會上，媽媽覺得崔承喜的舞蹈的確跳出了被壓迫民族的反抗精神，不禁大吃一驚啊。崔承喜紅起來以後，她的舞蹈也變得華麗、明朗。那種由深沉的悲傷和憤怒激起的反抗、扭動身體的力量沒有了……大概是朝鮮舞蹈深受歡迎，她

27 即一九三四年。
28 石井漠（一八八七—一九六二），日本著名舞蹈家。

也就不怎麼跳石井流派的舞蹈了。她是以朝鮮舞姬的名義去歐洲的。在日本，她被叫作半島舞姬。」

「她的舞蹈我也還記得一些，比如《劍之舞》、《僧舞》，還有《艾赫雅·諾阿拉》的舞碼。」

「她那胳膊和肩膀動起來真有意思。按崔承喜的說法，朝鮮是個缺少舞蹈的國家，傳統舞蹈本來不受重視……崔承喜從瀕臨衰亡的傳統中，竟能創造出那樣新穎的舞藝。光憑煥然一新這點，也令人高興啊。崔承喜一定會深深地體會到民族性這個問題……」

「民族性？……」

「提到民族性，我們就應該跳日本舞蹈。不過妳還不需要考慮到那一層……日本舞蹈的傳統太豐富、太強烈了。正因為這樣，新的嘗試也就更困難，而且容易倒退。不過，我覺得日本是世界的舞蹈之國，這不是從芭蕾舞，而是從日本傳統舞蹈來看……的確，日本人是具有舞蹈才能的。」

「可是，日本舞蹈同芭蕾舞正相反呀。日本人的心靈和體態的傳統，簡直是相悖的。日本舞蹈的動作，似乎是含蓄、內在的，而西方舞蹈的動作則是奔放、外向的，感覺完全不一樣。」

「不過，品子從小就接受芭蕾舞的體型訓練。據說在西方，要求芭蕾舞女演員身高五尺三寸、體重四十五公斤左右，這是最理想的。品子還算可以。」

品子本應在新橋與波子分手、到大泉芭蕾舞團研究所去，她坐過了站，一直到了東京站，於是便一起去了母親的排練場。

「友子大概不會來了吧。」

「會來的。按她的性格，肯定會來。她即使不在媽媽這兒工作了，也會有禮地來打個招呼……」

「是嗎？……昨天她不是已經來告別過了嗎？她昨晚沒睡，再加上說了那番話之後，來見媽媽，大概覺得難為情吧。」

「她這個人是不會不辭而別的。」

波子自信地說。

品子心想：假使今天看不到友子的身影，母親一定會感到很寂寞。所以她才跟母親一起來。

一下到排練場所在的地下室，便聽到《彼得洛希卡》的音樂。

「是友子呀。」

「喏，瞧！」

友子穿著排練服，沒在練舞。她身靠把杆，在欣賞唱片。

排練場已清掃得乾乾淨淨。

「老師，您早。」

友子靦腆地將唱機關上，陡地望了望牆上的鏡子。

「《彼得洛希卡》？……」

品子說著又將唱片的同一面放在唱機上播放。第一場是狂歡節的熱鬧場景。

波子在鏡子裏看著友子，說：

「友子，還沒吃早飯吧？後來妳沒有回家，直接到這兒來的吧？」

「是啊。」

友子顯得有點疲憊，都成雙眼皮了，眼睛卻凝聚著熠熠的光采。

「友子在，我就上研究所去啦。」

品子對母親說罷，走到友子身旁，將手搭在她的肩上。

「我一面和母親說話，心想友子大概不會過來，才跟著母親來了。」

狂歡節的樂曲聲高潮迭現，品子感到友子的身體暖融融的，不由得激情滿懷。友子這種體溫，說明她剛才一直在跳舞。

「在電車上我們還談到民族性的問題呢。」

《彼得洛希卡》裏也充滿了俄羅斯民族的旋律和音色。

這齣史特拉汶斯基為戴亞吉列夫俄羅斯芭蕾舞團作曲的舞劇，首次演出時，是由福金[29]任藝術指導，瓦茨拉夫．尼金斯基扮演可憐的丑角木偶。今早矢木聽到《彼得洛希卡》時，甚至說了句「尼金斯基的悲劇」。

《彼得洛希卡》的首演是一九一一年，即明治四十四年，尼金斯基才二十歲光景。他先在羅馬，繼而在巴黎演出，贏得人們狂熱的歡迎。

尼金斯基在《彼得洛希卡》首演的一九一一年，離開了俄羅斯，直到一九五〇年逝世，一輩子都未能返回祖國。

一九一四年，即大正三年，尼金斯基思念祖國，在巴黎整理好行裝，也買好了火車票打算啟程回國。不料八月一日這天，正好爆發了第一次世界大戰。

他離開了開戰後騷亂的巴黎，途中在奧地利被當作敵國分子而遭逮捕。他精神上受到打擊，有時囈語起來，嚷著什麼「俄羅斯」啦、「戰爭」啦……

好不容易獲釋之後，他到了美國，在首次公演《玫瑰花魂》[30]時，尼金斯基一上臺，觀眾一齊起立表示歡迎，人們投擲的玫瑰花幾乎要把舞臺淹沒。

在美國名噪一時那段期間，尼金斯基也常常陷入憂鬱之中。他和詛咒戰爭、主張和平的和平主義者及托爾斯泰主義者都頗有往來。

一九一七年，俄國爆發革命。這年年底，尼金斯基幾乎完全成了白癡，從舞蹈界銷聲匿跡。當時年僅二十八歲。

---

29 指米哈伊爾．福金（Mikhail Fokine, 1880-1942），知名編舞家，史特拉汶斯基的另一齣著名舞劇《火鳥》亦由他編舞。戴亞吉列夫（Sergei Pavlovich Diaghilev, 1872-1929），其舞團是當時舉足輕重的現代芭蕾舞團，擁有最優秀的舞者和編舞師，對推動俄羅斯藝術不遺餘力。（編注）

30 Le Spectre de la Rose，單幕芭蕾舞劇。（編注）

據說發瘋後的尼金斯基在瑞士療養，有天他在小劇場集合了一些人，說是要即席表演。他在舞臺上用黑布和白布造了一個十字架，自己則站在十字架頂端，裝成基督受刑的模樣，然後說：

「這回請大家看看戰爭。要把戰爭的不幸、破壞和死亡……」

一九〇九年，戴亞吉列夫俄羅斯芭蕾舞團首次在巴黎公演時，尼金斯基身為著名的男舞蹈演員，轉瞬間舉世讚頌為天才。不久他半瘋了，仍繼續跳舞。他的藝術生涯很短暫。

提起一九二七年，即昭和二年，也就是品子誕生前兩、三年，戴亞吉列夫俄羅斯芭蕾舞團在巴黎上演《彼得洛希卡》前的首演，尼金斯基扮演過彼得洛希卡，據說之所以這樣做，是希望能藉此多少喚起他已喪失了的記憶。

各個角色都在舞臺上出現。首演時女角塔瑪拉·卡莎薇娜[31]，以跟從前一模一樣的木偶姿態，接近尼金斯基、親吻了他。尼金斯基羞怯地凝視卡莎薇娜。卡莎薇娜用暱稱親切地呼喚了尼金斯基。然而，尼金斯基卻把臉別了過去。

讓卡莎薇娜挽著胳膊的尼金斯基，臉上一副掉了魂的神氣，被拍攝下來。品子有機會見過那張劇照一次。

戴亞吉列夫把可憐兮兮的尼金斯基帶到樓座上。當扮演彼得洛希卡的謝爾蓋・李法爾[32]在舞臺上出現時，尼金斯基便打聽那是誰。

「那傢伙跳得了嗎？」

尼金斯基喃喃地說。

---

31 Tamara Platonovna Karsavina, 1885-1978，出生於聖彼得堡，俄裔英籍芭蕾舞伶、舞蹈教師，尼金斯基的搭檔，也是倫敦皇家舞蹈學院的創辦人之一。（編注）

32 Serge Lifar, 1905–1986，兩度擔任巴黎歌劇院芭蕾舞團編導，重振法國芭蕾，並培養出法國現代芭蕾大師羅蘭・貝提（Roland Petit, 1924-2011）。（編注）

表演《彼得洛希卡》的謝爾蓋・李法爾被譽為尼金斯基再世，是繼尼金斯基之後的首席男舞蹈演員。尼金斯基看見李法爾，就自言自語道：「跳得了嗎？」因為尼金斯基過去以極其精湛的舞蹈轟動了世界，這又成了人們的談資。

然而，一個天才瘋子的話語，說得可憐也罷，合乎道理也罷，只能聽聽就是，畢竟是難以理解的。恐怕尼金斯基也不曉得舞臺上又上演了自己年輕時扮演的角色。也許昔日夥伴的友情想要戲弄尼金斯基這具活殭屍吧。

尼金斯基輝煌的生涯落得如此悲慘苦惱的下場，如今就像是冰封了的冬之湖。也許把冰鑿開、探到湖底，已經什麼都沒有了。

「我爸今早對我媽說，品子她們不至於在思考尼金斯基的悲劇吧……」

品子對友子說。

友子一聲不響。波子回答似的說：

「矢木是因為恐懼戰爭和革命，才想起了尼金斯基。」

「戰爭期間，尼金斯基也輾轉世界各地表演舞蹈嘛。即使瘋了，他也是屬於世界的呀。他不斷地轉移療養地，到過瑞士、法國和英國。爸爸卻和我們一樣，一發生什麼事、無論變成什麼樣子，都會被趕進日本的紙帷幕後面，這種情況和他又怎能相提並論呢。」

「我們不是世界的天才……恐怕也不會發瘋。」

友子說。

「不過，妳昨晚那番話有點奇怪哩。我聽著腦子彷彿也要失常啦。」

「品子，友子的事，由媽媽來和她商量……」

「是嗎？……倘使友子肯聽媽媽的話就好了……」

品子沒瞧友子，只顧整理唱片。

「噯喲，我來整理。」

品子碰了一下慌忙前來的友子的肩膀說：

「拜託妳啦。請妳留在媽媽身邊吧。來看春天，舉辦媽媽的弟子表演會時，咱們兩人一起跳佛手舞吧。」

「春天？幾月份？」

「幾月還沒考慮，不過會很快舉行的。對吧，媽媽。」

波子點點頭。

「要遲到啦。品子，妳走吧。」

品子從地下室出來之後，低頭走路，到了東京站附近，她佇立了一會兒，抬頭仰望著鋼筋水泥的建築工程。

愛情的力量

進入十二月份，連續大好天氣。

舞蹈家們的秋季表演會也大致結束了，這個月只剩下吾妻德穗、藤間萬三哉夫婦的《長崎踏聖像舞》和江口隆哉、宮操子夫婦的《普羅米修斯[33]之火》等。

吾妻德穗、宮操子與波子年齡相近。

波子從年輕時，即十五年乃至二十年前起，一直在觀看這些人的舞蹈。吾妻德穗跳日本舞，宮操子則跳所謂的新舞蹈[34]，與波子她們的古典芭蕾不同。但她們夫妻長年累月堅持跳下來，令波子頗有感觸。

波子和這些人一樣，也經歷過日本舞蹈的時代潮流。

江口、宮夫妻留學德國前夕舉行的告別舞蹈會，以及回國後舉行的第一次匯報演出會，波子也都觀看了。那印象至今仍栩栩如生。是昭和十年的事了。

那時號稱「舞蹈時代的到來」。很多舞蹈家隨意舉辦舞蹈表演會，舞蹈會的觀眾甚至比音樂會的還多。

也是那時候，西班牙舞阿根廷娜、特萊西娜[35]，法國的沙卡洛夫夫婦[36]，德國的克羅伊茲柏格[37]，美國的露絲・佩姬[38]等接踵來到日本表演舞蹈。

---

33 古希臘神話。相傳普羅米修斯因盜取天火給人類，觸怒主神宙斯，被鎖在高加索山崖，讓鷲鷹啄食、烈日曝曬、風雨襲擊。

34 第一次世界大戰後，在德國興起的新舞蹈，它突破古典芭蕾舞的傳統，追求自由表現和現代化。

35 La Argentina，舞名，Antonia Mercé y Luque（1890-1936）於一九二九年於日本演出；日本著名「舞踏宗師」大野一雄（Kazuo Ohno, 1906-2010）便深受La Argentina的啟發。La Teresina於一九三一年在日演出。（編注）

36 Alexandre Sakharoff, 1886-1963，出生俄國的舞蹈家，一九一九年與柏林的女舞蹈家Clotilde Von Derp, 1895-1974結婚，兩人共組沙卡洛夫舞團，在歐洲及美洲各地巡迴演出，對法國現代舞的發展有重要影響。（編注）

37 哈洛德・克羅伊茲柏格（Harald Kreutzberg,,1902-1968），以歌劇芭蕾起家，後來轉變成為現代舞者。一九三九年至日本演出。（編注）

38 Ruth Page, 1899–1991，一九二八年至日本演出。（編注）

也還是那時候，波子風聞，因在戴亞吉列夫俄羅斯芭蕾舞團建團之初就擔任藝術指導而聞名於世的米哈伊爾．福金也很想到日本來。還傳說福金要為寶塚和松竹[39]的少女歌劇作芭蕾舞的藝術指導。

西方舞蹈家來是來了，卻沒有一個是跳古典芭蕾舞的。波子只好期待著福金。然而這僅是停留在風傳上。

波子一次也沒看過地道的芭蕾舞，卻繼續跳芭蕾舞式的舞蹈。她的古典芭蕾舞基本訓練，究竟準確掌握到什麼程度，連波子本人也不甚清楚，就堅持跳下來了。

摸索、懷疑和絕望，隨著年齡的增長而不斷加深。

戰爭結束之後，日本也流行起芭蕾舞來。今天《天鵝湖》、《彼得洛希卡》等俄國芭蕾舞的代表作品已能由日本人表演，波子卻有點膽怯了。

有時對讓女兒學習芭蕾舞、自己教芭蕾舞，也不由得猶豫起來。

友子不在排練場之後，波子更失去了教學的信心。莫非是友子的獻身精神，支撐著波子的自信？

波子不知怎的累著了，有點感冒，已經四、五天沒有去排練。

「媽媽，我暫時到日本橋去排練好嗎？」

品子擔心母親的身體狀況，

「友子回來以前，我幫您不行嗎？」

「她不會回來了。不過，她說還會回到我這兒；說不定有朝一日她真會回來……」

「我真想去見見友子那位對象吶。可是，友子沒告訴過我他的名字和地址。

39 寶塚和松竹均是日本的歌劇團。

怎麼樣才能知道呢……」

品子這麼說，波子有氣無力地應了一聲：

「是啊。」

「去問友子的母親，不好吧？」

「不好吧。」

波子無精打采地回答了一句，心想：不是要過年了嗎？友子的母親或許會一如既往地前來問候吧。屆時自己要說些什麼好呢。

友子的母親，早年喪夫，靠出租四、五間房子來撫育友子。由於戰爭，房子焚毀殆盡。友子到波子的排練場來幫忙之後，她母親在附近的商店裏工作。波子未能養活她們兩人，總是於心不安。心想把希望寄託在最近的將來吧！沒想到友子的分別比波子企盼的「最近的將來」還來得早。

波子期待的「最近的將來」，或許不僅是友子的事。她鬱鬱寡歡，感到落寞彷徨。

她想：哪怕把寶石賣掉、出售廂房，也要幫助友子。友子瞭解波子的生活狀況，不忍心過於加重波子的負擔，也就斷然拒絕了。波子毫無辦法，她彷彿感到這種矛盾是源自於她與友子的性格各異、生活不同。

「品子，妳不要隨便去見友子的母親喲。恐怕她母親什麼都不知道。」

波子說。

「再說，友子即使不在日本橋排練場，我也做得了嘛。用不著擔心。妳還是別考慮教學生的事吧。」

波子擔心自己心頭的陰影，會投在品子身上。

波子沒去排練時，東京綢緞店兩人、京教綢緞店一人到她家裏來，三人都是向她訴說失竊的事。

東京那個人，在擁擠的電車上被人偷竊皮包，丟失了一大筆錢。另一個人放在電車行李架上的行李被人拿走了。

京都綢緞店的人是乘國營電車去大阪途中，他抱在膝上的行李被人搶走。開車時，關車門的瞬間，人家搶走行李，跳車逃跑了。

「喂！……周圍的人高聲喊叫，被搶的當事人反而愣住，連喊都沒喊一聲。」

綢緞商站起身來，厭惡地做著手勢說，

「就這樣，他一隻腳用力踏在車門處，做好跳車的準備。」

波子把這件事當作年關艱難的例子告訴了矢木，矢木卻說：

「唔，他們不約而同地都擁到妳那兒去，畢竟是物以類聚啊。」

「妳不清不楚的就同情他們，又跟他們買了些什麼吧？」

波子被矢木這麼一說，更是啞口無言了。

她自己向京都綢緞商買了一件短和服，內心還盤算著買點那兩個東京人的什麼東西。沒能買上，實在過意不去。

波子看到結城產的優質小碎花麻花布，想給矢木買下來。要是在過去，即使勉強，她也會叫丈夫穿上。一想到這兒，她又深感內疚。

小碎花麻花布映現在波子的眼裏。她本想把這件事也告訴矢木，可是頭一句話就被矢木頂了回來。

「年關誰還會拿著一大筆錢去擠電車呢。」

「按你那麼說……」

「既然關門時被搶的事件層出不窮，別坐在出口附近，不就得了嗎。」

矢木沉住氣繼續說下去，波子焦灼不安起來。

「那不是挺可憐嗎？就說我們家吧，他們都幫過咱們的忙嘛……幫助我們賣了相當多舊衣服。」

「那是做買賣。」

「有些也不是純屬買賣性質。咱們是他們的老主顧，我去他們為我、品子去他們為品子精選了一些適合我們穿的布料。戰前收藏的好東西中，有的是綢緞商自己喜愛的，他們卻懇切地賣給我們了。多可憐……」

「可憐？……」

矢木反問說，

「可憐什麼？……妳的聲音為什麼在顫抖？」

要是平常，那不算一回事，這會兒波子卻有了反應。

戰前，那三位綢緞商各自都擁有相當規模的店鋪。京都的綢緞商疏散到福井，遭遇地震。戰後五、六年了，今天他們還沒有自己的商店；三人都在年關失竊，帶著一副可憐的面孔登門。

波子被矢木嘲弄了一番，心想：自己只要託前來排練的女孩們，推銷十反40、二十反也不成問題。於是她急忙打扮了一下，上東京去了。

排練場上，只有學生像往常一樣在練習基本功。兩位老手替代波子和友子，離開隊列，正在指導眾人。

「噯喲，老師，您已經好了嗎？」

「您臉色可不好啊。」

學生們靠近來把波子團團圍住，像要支撐住她似的，讓她坐在椅子上。

「謝謝。我休息了，實在對不起。看起來我很孱弱，其實我不曾臥床不起。」

波子話音剛落，便抬起臉來，想看看周圍的女孩，不料卻不斷地咳嗽，咳得眼淚都流淌出來。

一位少女用手帕給她揩拭眼睛。

「不要緊的，妳們繼續排練吧。我休息一會兒……」

40 日本布疋單位，一反長二丈八尺寬九寸。

波子進入小屋，望了望桌面上的電話機，就掛了通電話給竹原。

竹原來到排練場時，波子獨自一人坐在暖爐旁的椅子上，一隻胳膊放在扶手上，把臉伏在上面。

「謝謝妳給我打電話。電話裏的聲音和往常不一樣，我本想馬上就過來，無奈有椿小型照相機的生意，客人在；這是出口生意。」

竹原站到波子面前，脫下帽子，將帽檐一頭插入把杆和牆壁的間隔裏。

波子淚眼汪汪地仰望著竹原。額頭還留有袖子的印跡，眼睫毛也有點淩亂了。

「對不起。」

波子不由地說，

「我有點感冒，所以連排練也停了。」

「是嗎，好像還很疲乏的樣子。」

「事情很多，太累人啦。」

竹原站在原地俯視著波子，忽然又把視線移開。

「我一進這間房子，就嗅到煤氣味。不是有毒嗎？」

「嗯，排練起來，馬上就熱了，把它滅掉了……」

波子回頭照了照鏡子，

「噯喲，臉色蒼白的……」

波子用指尖撫了撫睫毛，彷彿讓人看見了睡醒的臉感到難為情似的。幾乎沒有抹口紅。

竹原朝那邊望了望。

「壁鏡也還沒安裝上啊？」

「嗯。」

擁有這個排練場之初，波子就說過要在一面牆上鑲上鏡子。但是，現在牆上也僅僅安裝了兩塊合起來的西服裁縫店的穿衣鏡。

「這哪叫鏡子啊。」

波子嫣然一笑，映在鏡面上的憔悴面孔，使她放不下心來。

頭髮也有四、五天沒有好好整理，只用梳子攏了上去。

以這種姿態會見竹原，波子感到很是坦蕩，內心湧起一股對竹原懷念的親切之情。

「今天，本想在家休息，突然心血來潮就又出門了。」

竹原點了點頭，在椅子上坐下。

「聽到電話裏的聲音，我以為妳怎麼了呢。沒料到這兒只有波子一個人，我就進來了。妳那副模樣，是在思考什麼問題嗎？」

「你說什麼問題呢……」

波子頓時說不出話來，記憶裏又蒙上了一片愁雲。

「我又想起那些無聊的事。那就是，在護城河一角上的那尾白鯉魚……」

「鯉魚？……」

「嗯。在日比谷十字路口附近、護城河的一角，不是有一尾白鯉魚嗎？我看那尾鯉魚，不是挨你的責備了嗎？」

「是嗎。」

「後來我問品子，她說那兒有鯉魚，有什麼可奇怪的。」

「你不是說過嗎：有一尾小鯉魚在護城河的角落裏浮游，誰都不知道就走了過去。這種東西只有我才注意到，這正說明我的這種性格吧？」

「說過。鯉魚和波子都是孤獨之身，同病相憐啊。妳凝視著護城河，我真想從後面朝妳的脊背猛拍一掌。」

「你斥責我說：去掉這種性格吧。」

「看著看著，我實在難過。」

「不過，縱令誰都沒發覺，鯉魚還是在這裏照樣生存。當時我確是那樣想的。後來我就告訴品子了。」

「妳是說跟我兩個人看了？……」

波子輕輕地搖了搖頭。

「品子跟我說過，那是鯉魚喜歡聚集的地方。一到傍晚，就只留下一尾了吧……還說帶著孩子逛日比谷公園的人，回去的時候常常將飯盒裏的殘羹剩飯扔給牠們吃……那裏是鯉魚常集中的地方，即便只有一尾，也沒什麼可奇怪的。」

「是嗎？」

竹原露出了反問似的目光。

「我問過品子，她的回答就像你責備我的時候一樣，我不禁感到自己真可憐。那時候，不知怎的，我深切地感到：小小的鯉魚，奇怪地選擇了這個寂寞的地方，而且孤零零一尾呆在那兒。」

「是啊。」

竹原領會了。

「妳常有這種情況。」

「我也是這樣想的啊。這些不值一提的鯉魚，使我生出一種憐憫……雖然和你在一起，我卻發現了這樣的東西，不覺感到寂寞起來……」

波子說完後，猛然一驚，閃爍著目光，把頭耷拉下來。

眼簾微紅，雙頰也飛起了一片紅潮。

「對不起。」

似乎是想緩和一下緊張的氣氛。

竹原凝望著波子。

「妳不會不去看白鯉魚嗎？」

波子眨了眨眼，左肩稍微傾斜。在竹原看來，那肩膀上彷彿有什麼重擔把它壓歪了。

竹原站起身來，離開波子兩、三步，又靠近過來。

波子將右手搭在左肩上，閉上了眼睛，就這樣往前傾倒。

「波子！」

竹原從旁邊支住了波子。就這樣繞到她後面，像扶起似的把她抱住了。

竹原把自己的右手搭在波子的右手上，溫柔地握著它。波子的右手在竹原的掌心裏，手指變得毫無力氣，從肩膀上滑落下來。這種冰冷的感覺暢通無阻地滲透了竹原的全身。

竹原躬下身來。

「太晚了。」

波子把臉轉了過去。

「太晚了？……」

竹原重複了一句波子的話，然後加重語氣說：

「不晚！」

竹原這樣否定之後，波子所說的「太晚了」這句話才印在他的心上。

竹原身子一動不動，似乎有些猶豫。

竹原的下巴頻觸著波子的頭髮，可以看見她的耳垂，脖頸微扭，上面的髮際潔白極了。

今天她沒戴耳飾。

波子感冒，沒有洗澡就出門了。臨出門時，比平時多抹了些香水。這種卡龍墨水仙的香味，夾雜著烤焦枯草般的頭髮味兒，微微地飄蕩著。

竹原依然將右胳膊搭在波子的右胳膊上。波子把右手從自己的左肩上放落下來，自然形成了竹原溫柔地擁抱她的姿勢。波子心臟的劇烈跳動傳了過來。竹原儘管沒有接觸到，卻感覺到它的跳動了。

「波子，絕不晚啊！」

波子輕輕搖搖頭，把臉扭過來面對著竹原。

竹原用胸膛支撐著波子，嘴唇貼近波子的上眼簾。方才竹原也是想先碰觸波子眼簾的。

波子閉上眼睛，上眼簾彷彿在說話。眼簾比嘴唇更溫馨、更哀傷地傾訴衷情。

然而，在竹原接觸之前，波子眼淚奪眶而出，濡濕了眼睫毛，雙眼皮的線條顯得更優美了。

轉瞬之間，淚水從眼角淌了出來。

竹原將嘴唇朝向淌出淚珠的地方。

「不要。可怕啊。」

波子晃了晃肩膀。

「可怕啊,有人在看吶。」

「在看?……」

竹原抬起眼睛。波子也抬起眼睛。

從對面取光的窗戶,可以看見馬路上行人的腿。

窄長的窗戶比馬路稍高一些,只能看見步行的人的小腿部位。看不見膝蓋,也看不到鞋子。

地下室光燦燦的,有點晃眼。人們急匆匆地趕路,城鎮已經快要黑下來了。

「可怕啊。」

波子想要站起來,動了動身子。竹原冷不防地鬆開胳膊,波子像散了架似的,往前歪倒。

「放開我……」

波子就這樣踉踉蹌蹌地走開。

竹原望著波子離去。彷彿自己還擁抱著波子。

「從這兒出去吧。」

「嗯，請稍等一會兒……」

波子一看見鏡子，自己就害怕起來，便離開了壁鏡。

當晚，波子回到家裏時還不到九點，比品子還早。品子兼任藝術指導，所以晚回家吧。波子比品子先到家，不知怎的，這竟使她如釋重負。她覺得好解釋了。

打開丈夫房間的拉門，放在門把上的手指依然在用力。

「我回來了。」

「回來了。這麼晚啊。」

矢木從桌旁轉身說，

「妳在外面沒出什麼事吧？」

「嗯。」

「那就太好了。」

矢木搖了搖錫製茶葉盒讓她看，

「這個已經空了。」

波子來到茶室，想從罐裏將玉露上等茶葉，倒在小茶盒裏，手卻不聽使喚，茶葉撒落在鋪席上。

她拿著玉露茶走出茶室時，矢木已經伏案在寫文章，沒有看波子。

「晚安。今天要寫到很晚嗎？」

波子準備默默地退下，後來還是招呼了一聲。

「不，有點冷，很快就睡。」

波子回到茶室，將撒落的玉露茶葉撿起來，放在火盆裏燒了。

煙消後，茶香猶存。

波子想輕步繞著房間走，卻又悄悄地抑制了這種心思。

她計畫一到家就直接去排練場彈鋼琴，可是這也沒辦到。

搭電車回家的路上，波子聽見貝多芬的《春天奏鳴曲》樂聲，這支曲子裏有她和竹原的往事回憶。那遙遠的過往印象，通過音樂，像是成為遙遠的夢，也是像成為近在咫尺的現實。

「品子一回來就令人擔心啦。」

波子喃喃自語。

為了不讓品子看透自己掩蓋不住的喜悅心情，波子只好躲進被窩裏。她有點感冒，早點就寢，矢木和品子也不會懷疑的吧。

波子從日本橋排練場出來，應竹原的邀請去了西銀座的大阪飯館，可心裏總惦掛著回家的時間。然而，在新橋站與竹原告別後，波子反而落入起伏翻騰的思緒之中。

相反地，回到丈夫身邊，她比在竹原身邊時更加不害怕丈夫了。

波子自己鋪床鋪，

「啊。」

這一聲差點就喊了出來。

她心頭彷彿掠過一道閃電，覺得在護城河畔、在日本橋排練場裏，自己和竹原在一起，一種可怕的恐怖感猛然發作了——實際上，這難道不是愛情的發作嗎？

波子把褥子放下，坐在上面。

「哪會有這種事呢。」

波子堅決否認，就是鑽進了被窩，心情平靜下來，還是像害怕閃電似的把雙手合上了。

她正想逐一回憶《大日經疏》中合掌的十二種禮法，這時矢木進來了。

其中有雙手的手指、手掌都緊緊合在一起的實心合掌，掌心與掌心之間稍微留出空隙的虛心合掌，把掌心略略拱圓、蓓蕾形的未開蓮合掌，將雙手的拇指、小指連接起來、其他三指分開的初開蓮合掌，將掌心合在一起五指交叉的金剛合掌，還有歸命合掌……到此為止，名實相符的合掌易記不易忘。

但是，剩下的七種合掌禮法，比如，把雙手的掌心向上、手指彎曲像捧水般的捧水合掌，把掌背合在一起、手指交叉的反叉合掌，只將雙手的拇指接連、掌心向下的覆手合掌，這些不像合掌的合掌，波子也就記不牢了。即使能擺擺樣子，名字也叫不出來。

她反覆兩、三次，想從頭開始追憶這些禮法，可是才剛追憶到歸合掌，就聽見了矢木的聲音：

「怎麼樣？……睡著了嗎？」

矢木打開隔扇，幽暗中窺視波子的睡姿。
波子慌忙將合掌的雙手挪到自己胸前。
歸命合掌雖是死人的合掌，可也是把身體瑟縮一團、害怕得發抖的一種手的姿勢。這是請求恕罪，也是乞求可憐的手勢。
波子將交叉的手指，緊緊地用力壓在胸口上。
她以為矢木是察覺到竹原的事，前來責備她的。
「出門去，還是累著了吧？」
矢木把手放在波子的額頭上。
「什麼，不是發燒。」
矢木說著，又將自己的額頭貼到她的額頭上試了試。
「我更熱呢。」
波子要避開矢木似的，將放在自己胸前的手按在額頭上，不由地嚇了一跳。

「噯呀，真討厭。我，沒有洗澡……六天也……」

波子抑制住了戰慄。

她竭力把自己的失望也隱藏起來。

一碰上絕望，她自己好像就擺脫了不貞的恐怖以及罪惡的不安，得到解放。

波子落淚了。

不大一會兒，矢木從茶室揚聲說：

「喝杯熱檸檬水好不好？」

「嗯。」

「加不加白糖？……」

「多加點……」

波子想起自己回到家裏就跟矢木說的一句話：

「今天，要寫到很晚嗎？」

聽起來這像是一種勸誘吧。波子咬緊了嘴唇。

波子喝著熱果汁，聽見品子回來的腳步聲。

「媽媽呢？……」

品子剛跨入茶室就問道。

矢木有意讓波子也能聽見似的說：

「她到東京去，累了，在睡覺呢。」

「唉呀，媽媽去東京了嗎？」

品子說罷，正要去波子的寢室，矢木喊了一聲，叫住她。

「品子。」

品子好像坐到了父親面前。

波子豎起耳朵聽矢木要說些什麼，她左右翻身，把弄亂了的頭髮攏起來。

波子覺察到矢木大概是為了讓自己有充分的時間梳妝打扮，不讓品子到寢室來，才把品子叫住的。她那雙忙碌的手，忽然停止不動了。

「爸爸，那是熱檸檬？……」

父親不出聲，品子便說。

「對。」

「我也要喝。」

波子聽見往杯裏斟開水以及攪拌的聲音。

矢木像是在看品子手的動作。

「品子。」矢木又喊了一聲，「我看了高男的筆記，是這麼寫的：一個哥哥和一個妹妹，這個世界上再沒有比這更親的了。」

這話太唐突，品子大概正望著父親。

「那是尼采[41]在寄給妹妹信中的一句話。」

矢木接著說，

「品子是怎麼想的呢？品子和高男不是一個哥哥和一個妹妹，而是一個姊姊和一個弟弟，和尼采說的正相反。不過，高男認為這是好句子，把它抄錄在筆記本上。姊弟和兄妹儘管相反，說的還是一男一女，親兄妹倆……在這個世界上，再沒有比這更親的了。恐怕是佳句吧。」

「是佳句啊。」

「高男希望這樣。因此妳也能在什麼地方寫下尼采說的這句話就好了。」

「嗯。」

波子聽見了品子直率的回答。

但是，品子又像想起來似的，無意中說了一句：

---

41 尼采（一八四四—一九〇〇），德國哲學家。

「爸爸，您們是一個哥哥和一個妹妹吧。」

波子不禁愕然。

矢木和他的妹妹，兄妹竟成了陌生人，如今已經斷絕了來往。

矢木的妹妹靠波子娘家的扶助，自女子高等師範學校畢業後，與矢木的母親一樣，成了女教師。隨著年齡增長，她和兄嫂完全疏遠了。這是因為矢木的緣故，還是妹妹的關係？或是波子不好呢？恐怕是原因之一吧。也可能是一種自然的演變。但是，小姑的生活方式與性格都和波子不同，波子和她合不來倒是事實。波子一看見這個小姑，不禁感到婆婆和丈夫是另一個世界的人。

品子提到矢木妹妹的事。波子等著看矢木怎樣回答。

「這麼說來，有一段時間連姑姑也沒見面了。過年的時候，給她寄過一張集錦書畫的賀年卡吧。」

對父親佯作不知的樣子，品子似乎不介意。

「爸爸，今天早上您談到尼金斯基啦？談到尼采，或是尼金斯基他們瘋狂的天才啦？……尼金斯基小時候因為哥哥死了，家裏就只有一個哥哥和一個妹妹了吧。」

今晚，高男回家很晚，矢木對品子談了高男的事。波子側耳傾聽，覺得彷彿是說給自己聽的。

矢木是不是已經看出波子會見了竹原，而拐彎抹角地責備波子呢。一個姊姊和一個弟弟，一個父親和一個母親，在這個世界上，再沒有比這更親的了……對父親的話，品子似乎也猜測到了幾分。品子說出矢木妹妹的事，或者把尼采說成是瘋子，把波子也甩開了。就算品子是無意挖苦，波子在背地裏聽見也不禁嚇了一跳，有點沮喪。

「媽媽。」

品子喊了一聲。
波子難以回答。
「睡著了嗎？」
品子又衝著父親說，
「媽媽也喝熱檸檬了嗎？」
波子情不自禁，說了一聲：
「唉，討厭鬼。」
就戰慄起來。
「瞧這孩子。」
波子感到品子已經有女人的心思了。這是隱藏在女人內心深處、令人討厭、卑俗的東西。
「媽媽也喝熱檸檬了？……」

品子這種親切的關懷，也許只不過是口頭說說罷了。

波子深深地吐了口氣。令人討厭的不正是自己嗎？腦子裏留下的，只是自己那種令人作嘔的姿態。她覺得觸到了自己醜惡的地方，引起了意想不到的憎惡。

波子感到自己醜態畢露，就像一個醜陋女人的軀體橫臥在自己的前面。

大概是她心中有愧，回家時才試探丈夫的吧。抑或是她帶著懼怕罪惡的心情，一反常態，主動地淹沒在波浪中呢。這種罪惡的體驗，對丈夫、對情人都是雙重的。因此倒不如說增加了雙重的喜悅。或許是對丈夫、對情人都積累了難言的罪惡吧。

波子竭力把厭惡、悔恨、絕望的情緒巧妙地隱藏起來，形成今天的新的軀體。

為什麼呢？難道是因為沒有拒絕竹原的緣故嗎？

竹原看見波子的恐懼，也沒有吻她。可波子是害怕，並不是拒絕竹原。

她的心頭閃電似的掠過這樣的思緒：那種恐怖感的發作，實際上不就是愛情的發作嗎？難道放下褥子的時候，就是決定波子命運的時刻嗎？

那道閃電恍如照亮了波子的真面目。

說不定波子是用恐懼的偽裝欺騙了竹原，也欺騙了自己。

吾妻德穗、藤間萬三哉夫婦的舞劇《長崎踏聖像舞》在帝國劇場上演了四天。最後一天，波子去了。

五點開演。兩點波子就從北鎌倉出發，順便到銀座的金鋪把戒指賣掉。這是準備送給友子的那只戒指。

波子邊走邊想：把戒指換成錢，送多少錢給友子好呢？她猶疑不決。

「那天，友子如果接受了戒指，不就沒事了嗎！」

前些日子，友子曾受波子差使去過金鋪，她大概也是在同一家商店把戒指賣掉的吧。

那以後，還沒過幾天，波子竟為了自己把戒指賣掉了。她心想：假如把錢拿回家去，分給友子的那份又得減少了。

波子決定託事務員把錢捎到友子家裏，自己就返回了新橋站。

波子在事務員面前，數著千元鈔票，忽地「嗳喲」一聲。

她轉過身去。她以為是竹原的手觸到自己的肩膀。

原來是其他客人的行李碰了她的肩膀。一位年輕小夥子已經站在她的身邊了。他一點兒也不像竹原，手裏拿著一件細長的行李。

「對不起。」

「沒關係。」

波子臉紅了。心裏熱乎乎的。

一萬元，她重數了一遍，然後用手絹裹上，在手絹上寫了友子的地址。

「啊？把錢裹在手絹裏送出去嗎？」

事務員驚奇地說，

「這裏有袋子，給您一個吧。」

「好吧。」

波子有點慌張，急中才想用手絹包裹，儘管這樣做很可笑，她卻沒有意識到。

她一離開那個令人難為情的地方，一陣陣輕輕的笑聲便向她湧來。

波子一邊走一邊想著送給友子的金額。一路上有許多服裝店，櫥窗裏的男裝跳入她眼簾。她心裏想：這些竹原都合穿嗎？彷彿只有適合竹原的用品才該在這個市鎮上存在似的。是物品在等待、召喚著波子。波子的腦海裏又立即浮現出穿戴這些東西的竹原的英姿。

友子的事好歹告一段落之後，商店裏的男性用品顯得更加生色增輝。波子一看見櫥窗裏的圍巾，就感到自己的手好像觸到了圍著這種圍巾的竹原的頸脖。她被商店的圍巾吸引，便把它買了下來。

「啊，真快活啊。這些東西像是請友子買來的。是妳的臨別贈品？……」

波子叨念著，又買了一條毛織領帶。

她經由曾和竹原走過的護城河，到了帝國劇場。她來得太早了。

登上二樓，只見休息室的柱子和牆壁上懸掛著林武[42]和武者小路實篤[43]等人的繪畫。波子心想：這是怎麼回事？原來是「花與和平之會」在這兒開設的小販賣部，擺有詩人和作家書寫的厚紙箋，畫也是這個會的。

波子靠在舒適的椅子上，凝望著林武繪的《舞姬》蠟筆畫。

「波子夫人。」

有人拍了拍波子的肩膀，接著說了一句：

42 林武（一八九六——一九七五），日本畫家。

43 武者小路實篤（一八八五——一九七六），日本小說家、劇作家。

「妳看得出了神啊。」

波子心想這回肯定是竹原了。可她還是嚇了一跳。

「久違久違。」

沼田又說了一句。

「好久不見……」

「在這樣美好的地方見到您了。」

沼田落座之前，回頭看了看那張《舞姬》。

「好畫啊。唔，拿著扇子……」

沼田說著走近那張畫。

波子想道：假使被他一直糾纏到家，該怎麼辦呢？

沼田身體很重，他在旁邊一坐下，長椅子就塌陷下去，波子的身體也隨之傾斜；她悄悄地離他稍遠一點。

「上個月我見過矢木先生了……」

「是嗎？」

波子不知道。

「我接到他從京都寄來的信，他叫我到幸田旅館，我還以為有什麼事，跑去一看，什麼事也沒有。我原想准是談波子夫人的事，可是看來先生是想從我這裏探聽點什麼吧。比如竹原的事、香山的事……」

沼田看了看波子的臉色。

「我敷衍應付過去了。我們還議論了波子夫人的青春問題呢……」

波子嫣然一笑，企圖掩飾過去，臉頰卻飛起了紅潮。

「今天見到您，我大吃一驚：您像一朵突然綻開的鮮花，豔麗極了。」

「別開玩笑了……」

「不，真的像綻開的鮮花。」

沼田又重複一遍，

「我還勸過矢木先生，讓夫人重返舞臺……」

「哪兒的話。我在想是不是連排練場也收起來算了……」

「為什麼？」

「沒有信心。」

「信心？……夫人，您以為東京的芭蕾舞講習所有多少處？有六百處吶，六百……」

「六百？……」

波子一驚，死了心似的說，

「啊，真驚人。」

「據說好奇的人調查過了，在大阪有四百處……」

「大阪有四百處？……真的嗎？令人難以置信啊。」

「把地方城鎮的數字加起來，真可觀哩。」

「記得有人這樣寫過：芭蕾舞不是義務教育。的確，這是芭蕾舞狂的時代，難怪人們這麼說啊。時髦就像一陣風，女孩子都得了舞蹈病。據說有位舞蹈家挨了稅務局的冷語，他們說近來能賺錢的，大概就數新興的宗教和芭蕾舞了吧。」

「不至於吧……」

「我總覺得這個芭蕾舞熱非同小可哩。古典芭蕾舞不適合日本人的生活習慣和身體條件；基礎不行啊！馬馬虎虎指導一下，就舉辦表演會；說起來這像是發牢騷，不過，全國各地無數的女孩子都跳呀、蹦呀、轉呀，確是可怕啊。也就是說，基礎愈來愈雄厚了。在這基礎上自然會出現新生力量。有了雄厚的基礎，哪怕廢品堆積如山……即便是二百五的教師多，就讓它多去吧。不成材的芭蕾舞女演員多，也由它多去吧。這會造成興旺的局面，就是這麼回事吧。我是非常樂觀的，日本的芭蕾舞大有希望，我的事業也……」

沼田愈說愈起勁兒。

「在東京，芭蕾舞講習所即使從六百所增加到上千所，也沒什麼可驚奇的。拙劣的層見疊出，夫人的排練場自然會突出來了。」

「你說得有點玄妙。」

「總而言之，現在不是考慮打退堂鼓的時候。波子夫人也以芭蕾舞謀生吧？」

「謀生？……」

「就是謀生嘛。加強商業意識，就叫做職業。很失禮嗎？不過，近來，學習芭蕾舞的女孩子，很多人要麼想以它為職業，要麼想當專家呀。」

「是啊。所以我說真驚人嘛。」

「不這樣不行呀。令嬡視它為一種愛好，那是……在夫人負擔費用的時代，我得到您許多照顧，這回為了報答您，不論做什麼，我都願意效勞。先舉辦一次波子夫人的表演會吧。新春時分，帶頭掀起一陣芭蕾熱倒是很好的。矢木先生那裏，我覺得不成問題，我去交涉。我上次也跟先生說過，我要鼓動鼓動波子夫人。」

「矢木怎麼說的？」

「他說四十歲的女人縱令跳舞，也只能跳到下次戰爭，時間很短暫。哼，二十幾年來淨吃夫人的，還說什麼短暫不短暫，他這個人是怎麼搞的……就會說我的錶從來沒有差過一分鐘，把妻子都逼瘋了，還談什麼錶呢。」

「我瘋了嗎？」

「瘋了。不過不像矢木先生那樣瘋──氣量小得要命……夫人，戀愛吧。用戀愛的力量來重新給錶上發條吧。」

沼田睜大眼睛，直勾勾地望著波子。

「現在就離婚，也是合適的吧。因為能跳舞的時間很短暫……您今天美極了，就像開花一樣……」

「你怎麼啦？」

「我想打聽一下。夫人，昨天晚上，您和竹原在銀座散步了吧。人家都看見了。」

波子十分震驚，心想：難道被沼田看見了嗎？她嘴上卻說：

「我跟他商量了一會兒排練場的事。」

「好好商量，怎麼都好嘛。如果您有心背叛矢木先生，我站在您這一邊。就說排練場吧，在日本橋中央區，又離東京站很近，透過夫人的經營，一定會有驚人的發展的。讓我來助您一臂之力吧。」

「嗯，噢……比這更重要的，倒是我那裏的友子啊。你知道的吧，要是有什麼門路讓那孩子賺到點錢，就請你幫個忙。」

「那孩子不錯。不過，光她一個人不能叫座，讓她同品子小姐搭檔就更好了，您看怎麼樣？」

「品子就別說了，她是大泉芭蕾舞團的。」

「考慮考慮吧。」

啟幕鈴響了。

緊跟波子之後，沼田沉甸甸地站起身來。

「夫人，據說崔承喜的女兒陣亡了，您聽說了嗎？」

「啊？那孩子？……」

波子頓時回憶起那個身材修長、穿著友禪染[44]花綢長袖和服、十歲光景的少女來。一次偶然的機會，在舞蹈會的走廊上相遇。那孩子的童裝肩上窩的褶子又

---

44 一種印染法，在綢子上印染花鳥、草木、山水、人物等花紋。

浮現在波子眼前。是淡妝輕抹……

「那孩子真可愛，不過，是啊，現在她已經是品子這般年紀了吧。當了共產黨的女兵……到前線慰勞，演出舞蹈去了……」

波子嘴上這麼說，腦子裏想的依然是身穿友禪染花綢的少女。

「聽說崔承喜一度到了中國東北，她是北朝鮮的國會議員，在辦舞蹈學校。」

「是嗎？前些日子，我還跟品子談起崔承喜的事吶。她的女孩子陣亡了嗎？」

波子就座之後，少女的姿影依然沒有消失。它彷彿與自己內心的紛亂交織在一起了。

沼田的話照例有點誇張，聽來令人覺得可疑，他說發現了她和竹原兩人在一起。那也無可奈何。今天晚上也是預定在這裏和竹原會面的；如何才能躲過沼田的眼目呢？波子難住了。

波子明知竹原晚來，卻時而掃視客席，時而回頭望望門扉，心情難以平靜。

正像沼田所說的，他無疑是站在波子這一邊的。即使作為管理人，與其說她被沼田利用了，不如說她利用了沼田。再說，沼田長期耐心地糾纏著波子，伺機鑽營。連她的女兒品子，他都企圖把她作為工具、加以利用。沼田看見波子態度堅決，不可能落入他的圈套，便等待起下一次機會。也就是說，他企圖等到波子和其他的男人相戀，破裂之後，他就趁虛而入。

波子對沼田既不介意，也不放鬆警惕。

近兩、三年來，波子盡量躲避沼田。自然，沼田也疏遠她。一見面，沼田肯定說矢木的壞話，甚至讓波子的心離開矢木，這反而使波子生厭。

《長崎踏聖像舞》是長田幹彥創作的五幕七場新編舞劇，寫殉教成了悲戀、悲戀成了殉教的故事。

作曲是大倉喜七郎（聽松），由大和樂團演奏。雖然也用了西洋樂器，可以說還是日本式的音樂吧，在這個劇裏有清元曲[45]也有聖歌合唱。

第一場是諏訪神社的秋節。它之所以作為神社節日的節目，或許是由於它帶有同被禁止的基督教相對立的色彩，或是由於它是祭祀的舞蹈。

休息時沼田說：

「看了《彼得洛希卡》狂歡節之後，日本的節日就顯得寂寞了。」

「日本的悲哀情調就是那個樣子。」

由於沼田糾纏不休，波子決定下一次幕間休息，不到走廊上去了。

昨天，她把入場券交給了竹原，是靠邊的位子。波子更加心神不定。

臨近終場，在第六場之前，竹原終於來了。他站在入口處，用眼睛尋找下面的坐席。

「這兒吶。」

波子呼喊似的站起身子，走上前去。

「啊，來晚了。」

「我還以為你不來了呢。」

波子猛地抓住竹原的手。她意識到的時候就立刻鬆開了，竹原的一隻手套卻留在她的手裏。難道是來幫忙脫下手套的嗎。

「佩卡利？……」

波子把手套拿起來看了看，然後塞進竹原的口袋裏。

「什麼是佩卡利？」

「野豬的皮。」

「不知道啊。」

「沼田來了吶。他說，昨晚在銀座看見我們……」

---

45 清元曲，淨琉璃（一種伴以三弦的說唱曲藝）的一派。

「是嗎。」

「我不想在這裏又被他發現。我想出去。」

波子正想朝席位的方向走下臺階。

「唉呀，腳有點不聽使喚。等你的時候，大腿太緊繃了。」

她說著，活動了一下肩膀，然後離開去。

帷幕拉開，是刑場的場面。

殉教者們淒淒慘慘地被拖走。一個名叫清之助的工藝人也被處以極刑。他的情人阿市夜間悄悄地來到刑場，望著釘在十字架上的清之助的美麗遺容，跳起舞來。

對吾妻德穗的這場舞蹈，波子感動得落淚了。竹原來後，她可以全神貫注欣賞舞蹈了。她眼淚汪汪，感動得熱淚直流。整個身心彷彿沉湎在感情的激流之中。

剛要落幕，波子霍地站起身，像是要叫竹原似的走了出去。竹原也望向波子那邊，被她吸引了過去。

「還有一場，是踏聖像的場面，不過我們溜出去吧。」

「溜出去？」

「不是頂可怕的嗎。我再也不說可怕了。」

竹原以為波子純粹出於不願讓沼田發現而想溜出去，波子卻說再也不害怕了。竹原對她那種發自內心深處的嬌媚聲音，不禁大吃一驚。

「難得來一趟，只能看一場。」

毋寧說，波子是帶著愉快的口吻說的。

「我好像也只是看了一場呢。不過，吾妻的舞蹈一定有一種魔力。我神思恍惚，乍一睜眼，就看見她在舞臺上舞蹈。衣裳也極美。胭脂紅的天鵝絨上，加上銀色的波紋；黃色的天鵝絨上，繡上了草花，兩種都是天鵝絨衣裳。」

於是波子讓竹原看了看手中的紙包。

「竹原，我覺得滿好的，就把這條圍巾買下來了。」

「給我的？……」

「要是不合適就麻煩啦。」

「當然合適。彼此長期交往，對方的形象都刻印在心上，肯定合適的啊。」

「那就太好啦。」

然而，波子過意不去似的，又開始談起友子的事來。她談到她把戒指賣掉、將錢送去給友子，還買了這條圍巾。

結婚之前，波子和竹原之間時而親近，時而疏遠。這種若即若離的關係保持了二十多年，她事事都向竹原說實話，這並非始自今日。

波子有點躊躇，到底還是把矢木的秘密存款說了出來。

「有這樣的事嗎？」

竹原不覺沉思起來。

「總覺得有點可憐，不是嗎？」

「可憐矢木？……」

「也許不能用可憐這樣的字眼來簡單地概括吧。」

兩人離開日比谷的電車道，在昏暗的馬路上走著，到了「昴座」劇場前的亮處。波子無意中回過頭去，看見高男站在那裏。

高男凝視著母親。

「媽媽。」

高男先喊了一聲，從「昴座」售票處走了下來。

「喲，你怎麼？……」

波子使勁踱了踱腳。

高男回答說，是和朋友們一起來買票的。波子簡短地問了一句：

「這個時候？……」
「嗯，和松坂……我想跟媽媽介紹松坂……」
高男說完，又向竹原施了個禮。態度很坦蕩，波子也就稍許平靜下來。
「這是松坂。他是我近來最親密的朋友。」
波子瞧了一眼站在高男身旁的松坂，他給波子的印象似是夢中遇見的妖精。
「找個地方歇歇吧。高男也一起去怎麼樣？」
竹原不是面向波子，也不是面對高男，說了這麼一句。
走到銀座，進了附近歐莎爾飯店。
竹原要把帽子存在入口的衣帽寄存處，波子從背後將小包圍巾拿出來說：
「回去時，把這個也戴上……」

山的那邊

品子帶著四個新入研究所的少女去銀座的吉野屋。

這些十三、四歲的女學生都來自同一個班，也是同時進研究所，這確實很罕見。她們四人都夢想成為芭蕾舞演員。

她們說馬上要買芭蕾舞鞋。品子勸她們：「妳們乍一穿舞鞋是站不穩的。」可是，對少女們來說，芭蕾舞鞋是她們嚮往的入門線索吧。

品子只好領她們去鞋店。

一進吉野屋的店堂，少女們就以買芭蕾舞鞋而引為自豪，拿輕蔑的目光看了看買一般鞋子的女客。

由男伴陪著來買鞋的婦女們溫情脈脈，多姿多采。有一個女子，自己不知買什麼好，顯得格外不好意思，滿臉通紅。品子站在稍遠的地方觀察，彷彿看到了一個奇妙的世界。

品子說，我要從這裏順路去家母的排練場，然後到帝國劇場觀賞《普羅米修斯之火》。少女們吵鬧著要跟著去這兩個地方。
「大夥兒真想馬上在排練場穿上芭蕾舞鞋、站站試試啊，可以吧？」
說著，少女在銀座大街上翹起女學生鞋的後跟立了起來。
「不行呀。大泉研究所的人，在別人的排練場穿芭蕾舞鞋，不合情理的啊。」
「那是令堂的排練場，又不是外人的嘛。」
「正因為是家母的排練場，就更不行了。說不定我會挨念的。」
「只是參觀排練總可以吧。我真想看看啊。」
「參觀也不行……妳們剛進大泉，談不上參觀什麼別的地方……」
「那麼，我們送妳到門口也不行嗎？」
看完《普羅米修斯之火》後，時間就很晚了。品子想勸這些少女回家，便說江口舞蹈團與古典芭蕾的技巧不同。一個少女卻說：
「可以參考嘛。」

「參考？……」

品子笑了起來。

少女們的企望和好奇心，把品子一直推到了波子的排練場上。

品子帶來的少女們，認真地望著排練完畢、從地下室出來準備回家的少女們。因為這些都是穿芭蕾舞鞋的同行，而不是穿一般鞋的女人。

品子與少女們分手後，下到排練場。

波子和五、六個學生一起，在小房間裏更換服裝。

品子在這裏等待時，打開了小桌上的唱機。是貝多芬的《春天奏鳴曲》。

品子也知道這個曲子包含有母親對竹原的回憶。

「讓妳久等了。」

波子走出來，對著這兒的鏡子又看了看自己的頭髮，邊說：

「品子，妳見過高男的朋友嗎？他叫松坂……」

「有關那位朋友的事，我問過高男。沒見過面。他非常英俊吧？」

「英俊啊。說英俊嘛，卻是一種難以想像的美，就像妖精一樣……」

波子彷彿追逐著幻想似的說，

「昨天晚上，在帝國劇場的歸途中，高男介紹了我們認識。」

波子心想：品子知道去觀看《長崎踏聖像舞》的事；與竹原會面，也被高男碰見，反正都曉得了，所以她就端了出來。

「怎麼竟有這種人呢。彷彿不是地上的人，也不是天上的人。不像日本人，也沒有洋人的派頭。膚色屬黑種，卻又不是黝黑，也不是棕色，總覺得皮膚上好像還有一層微妙的光澤。像是女孩子，卻又有點像男性……」

「是妖精，還是佛爺呢？……」

品子悄聲說，一邊納悶地望了望母親。

「大概是屬妖精一類吧。高男和那樣的人交朋友，我甚至對他也感到有點奇怪哩。」

波子從松坂身上得到了不吉利的天使般的印象，這倒是千真萬確。

波子和竹原同行之際，高男突然出現。波子停步不前，眼前變得一片昏黑。在黑暗中，松坂站在那裏，彷彿閃爍著奇怪的光。她得了這樣的印象。

波子被沼田看見，又被高男發現了。她正感到前途渺茫、時運不濟的時候，沒想到又出現了個松坂。

走近歐莎爾飯店，波子一邊呷紅茶，一邊似看非看地瞟了一眼松坂。彷彿自己和竹原之間的交往行將結束，而且落得悲慘的結局，波子心情很不舒暢。與此毫無關係的松坂卻在這種場合出現，而且像妖精一樣奇美。波子覺得這似乎在暗示自己的什麼命運。

高男和朋友在一起，卻沒感到有什麼可奇怪的，大概是松坂的奇美在他身上不可思議地產生了影響吧。

裏邊的坐席和大廳交界處掛著一幅薄帷幔。松坂的臉浮現在淺藍色的帷幔上。透過帷幔，隱隱約約能看見大廳。波子只好和竹原分手，與高男回家。

即使到了今天，松坂的印象還留在波子的腦海裏，就像自己的影子一樣。

「高男什麼時候認識他的？」

「不是最近嗎？好像非常親密呢。」

品子回答，

「媽媽，繼續放後邊的唱片，好嗎？」

「行啊，放吧。」

《春天奏鳴曲》的唱片，第一張背面是第一樂章，以急速的節奏結束。

品子邊收拾唱片邊問：

「什麼時候拿來的？」

「今天。」

波子心想：今天不會見到竹原。

波子連續兩天去帝國劇場。

今天是江口隆哉、宮操子公演的頭一晚，在應邀的舞蹈家、舞蹈評論家、音樂記者等賓客中，波子也有不少熟人。她接受了昨晚的教訓，不敢邀竹原同行。再說，今天是品子邀請波子的。昨晚母親與竹原見面，品子也從高男那裏聽說了。不過她沒有這麼細心，會想到母親今天也想見竹原。

波子打算等學生不在時給竹原一通電話。品子來了，電話也打不成了。

昨晚，波子被深愛父親的高男發現了，直到今天早上，矢木沒說什麼，也沒發生什麼事情。只是，波子很想把這些事告訴竹原。而且，聽見竹原的聲音她才能夠舒心吧。

沒能給竹原掛電話，波子覺得很難過。

「不知怎的，近來連舞蹈會也不願去看了。」

「為什麼？……」

「大概是不想讓從前的老熟人看見吧？……對方不知該不該打招呼，我也不知道該怎麼做才好。時代變了。已經沒有我的席位了吧。弄得我沒臉去見已經遺忘了的人。」

「哪有這種事喲。這是媽媽自己說的嗎？」

「是啊。戰爭期間被人們遺棄了，這是事實。也許是自己使自己這樣的。戰前的人，戰後感到厭世啊。這種人在社會上很多，意志薄弱就……」

「媽媽的意志不薄弱嘛。」

「是啊。曾有人給我忠告，說這樣會使您的孩子軟弱的。」

那時候，波子正朝皇宮護城河走去，受到了竹原這樣的忠告。

穿過從京橋到馬場先門的電車道、國營鐵路橋，只見粗大的路樹已是落葉滿地。皇宮的森林上空，掛起一彎細細的新月。

毋寧說，波子心靈上燃燒著青春的火焰，她終於脫口說出了相反的話。

「不在舞臺上跳舞還是不行啊。宮操子她們畢竟是了不起的。」

「宮操子的《蘋果之歌》？……還有《愛與扭奪》？……」

品子說了舞蹈的名字。

《蘋果之歌》是伴隨詩的朗誦，跳起潘潘女郎[46]舞。《愛與扭奪》是複員軍人的群舞，男演員穿著褪了色、汗跡斑斑的士兵制服或白襯衫黑褲子，女演員穿連衣裙翩翩起舞。

這首先在古典芭蕾舞裏是前所未有的，它逼真地加入了戰後生活現實的形象。這種舞蹈，品子以前看過，現在記憶猶新。

「戰前跳得好的演員何止宮操子一人呢。媽媽也跳吧。」

「跳跳試試吧。」

波子也這樣回答。

六點開演，她們提前二十分鐘到達。波子避人眼目似的，坐在席位上一動不動。今晚的座位也是在二樓。

品子談了四個女學生的事。

「是嗎？四個人約好一起？……」

波子微微一笑，

「不過，在這些女學生這麼大的時候，品子已經在舞臺上跳得很好了。」

「噢。」

---

46 第二次大戰後在日本出現的吉普女郎。

「最近也有四、五歲的孩子來媽媽這裏，說是想來學舞，想當芭蕾舞女演員哩……這不是孩子的意志，而是孩子的母親希望這樣做的啊。有的孩子四、五歲就開始學日本舞蹈，西方舞蹈也有這種情況，但我拒收了。我說至少要讓孩子上完小學再來……然而，我不能笑話那位母親。因為品子妳生下來，媽媽就想讓妳學舞了。這不是孩子的意志……」

「是孩子的意志呀。我四、五歲就已經想跳舞了。」

「媽媽當時還在跳舞，舞蹈也會把這樣的小孩子……」

波子將手掌放在膝前說，

「因為我牽著妳的手，帶妳去了……」

演奏器樂的神童，似乎也是由父母培養出來的。尤其是日本的表演藝術，有師家、流派、藝名、父傳子等，規矩甚多，孩子彷彿被緊緊地拴在命運上。

有時波子也把品子和自己的事談到這個程度。

「這麼小就……」

這回是品子把手放在前面，說：

「我希望也能像媽媽那樣舞蹈吶。母女在舞臺上雙雙出現，我高興極了。這已經是多少年前的事了呢……媽媽，您再跳吧。」

「是啊，趁媽還能跳，在舞臺上給品子當個配角吧。」

昨天，沼田曾建議舉辦春季表演會。

然而，這筆費用怎麼辦呢？波子如今沒有什麼依靠。竹原的形象仍留在她的心中，她擔心事情牽扯上竹原。

「女學生們來了嗎，我去找找看吧。我說技巧不同，讓她們回去，她們說可以作參考……真令人吃驚啊。」

品子站起來走了。開幕鈴響，她又折了回來。

「她們好像回家了。也許在三樓的座位上……」

前面有短短的舞蹈，《普羅米修斯之火》是第三部分。

那是由菊岡久利編舞、伊福部昭作曲，東寶交響樂團演奏的。

這是一齣四場舞劇，描寫希臘神話裏的普羅米修斯。從序幕的群舞起，就和古典芭蕾舞不同。品子入迷了。

「唉呀，裙子是相連的哩。」

品子吃驚地說。

揭開序幕，大約十個女演員翩翩起舞，她們的裙子是連成一片的。是由幾個人鑽在裙子裏跳的舞。她們像洶湧的波濤，起伏翻滾，一忽兒擴展、一忽兒迴旋，色彩暗淡的裙子彷彿是前奏的象徵。

第一場是沒有持火的人暗黑的群舞。第二場是普羅米修斯用乾枯蘆葦偷引太陽的火。第三場是接受火種的人們歡天喜地群舞。

偷引火種給予人類的普羅米修斯，在終場的第四場中，被強固的鐵鏈鎖在高加索山的懸崖絕壁上。

第三場的火舞，是這個舞劇的高潮。

黑暗的舞臺正面，熊熊燃燒著普羅米修斯之火。這火種從人類的手裏一個傳一個，散播開去。接受火種的人群立即擠滿了舞臺，跳起火種舞。五、六十個女演員再加上男演員，人人手裏都舉著燃燒著的火種，興高采烈地跳起來。火焰把舞臺照得一片明亮。

波子和品子都感到舞臺上的火彷彿也在自己的心中燃燒開來。

演員的衣裳都很樸素，微暗的舞臺上，赤裸著的手腳的舞蹈動作，顯得格外新鮮、生動。

這神話舞蹈中的火意味著什麼呢？普羅米修斯意味著什麼呢？

演出結束後，品子追逐著留在腦子裏的舞蹈，這樣思考起來。她覺得似乎包含著各種意思。

「跳起人類的火種舞，下一場便是普羅米修斯被鎖在山岩上啊。」

品子對波子說，

「他的肉、肝臟被黑鷲啄食……」

「是啊。由四場構成，安排得很緊湊。場面與場面的轉換也給人留下鮮明的印象。」

她倆慢步走出了劇場。

四個女學生等候著品子。

「唉呀，妳們來了？」

品子望了望少女們，

「我剛才找妳們，沒找著，還以為妳們回家了……」

「我們在三樓。」

「是嗎？有意思嗎？」

「嗯，好極了，是吧？」

一個少女探詢另一個夥伴的意見，

「不過，有點令人不快，有些地方還使人害怕呢。」

「是嗎？妳們快點回家吧。」

可是，少女們還是跟隨在品子後頭。

「還有個舞蹈家坐在三樓的席位上呢。」

「舞蹈家？是誰……叫什麼名字？」

「好像叫香山。」

那少女又探詢似的望了一眼另一個夥伴。

「香山？……」

品子停住了腳步。

「妳怎麼知道他叫香山？」

品子轉過身盯著少女。

「我們旁邊的人說的呀。說是香山來了……那是香山吧……」

「是嗎？」

品子和顏悅色地問道，

「那個說香山來了的，究竟是什麼人呢？」

「說話的人？……我沒有留意看，是個四十開外的男子。」

「妳見過那個叫香山的人嗎？」

「嗅，見過。」

「是嗎？」

品子胸口憋得難受。

「旁邊的人看見那個叫香山的就說了些什麼，我們也只是望了一下那邊。」
「那人說了什麼呢？」
「香山是舞蹈家吧？」
少女詢問似的望了望品子，
「好像是談論他的舞蹈，說現在不知他怎麼樣？他告別了舞臺，實在可惜……」
十三、四歲的女學生們並不熟悉香山。戰後香山不跳舞，完全被埋沒了。
香山出現在帝國劇場的三樓上，這似乎令人難以置信。品子衝著波子說：
「真的會是香山先生嗎？」
「也許是吧。」
「香山先生會來看《普羅米修斯之火》嗎？」品子說。
品子的聲音變得深沉，好像不是在探詢波子，而是詢問自己。

「他在三樓……可能是不願意被人發現吧？」

「可能吧。」

「即使銷聲匿跡也想看舞蹈，香山先生心情起變化了嗎？……大概是特地從伊豆趕來的吧？」

「誰知道呢？或許是有什麼事到東京來，順便來看看。或許只是在一個什麼地方看見了《普羅米修斯之火》的廣告，順便來瞧瞧的吧。」

「他這個人可不會順便來瞧瞧的。香山先生來觀賞舞蹈，一定有些想法，這是肯定無疑的。說不定他會悄悄地來看我們演出呢？……」

波子感到品子在撲扇著想像的翅膀。

「香山熱心看舞蹈嗎？……」

品子問了少女一句。

「這就不知道了。」

「他是什麼樣子呢？」
「穿西服？……沒看清楚。」
少女和夥伴們你瞧瞧我、我瞧瞧你。
「他到東京來也不通知我們一聲？有這樣的事？……」
品子悲傷地說，
「再說，我們在二樓，香山先生在三樓，我卻感覺不到，這是為什麼啊！」
品子突然把臉湊近波子，又說：
「媽媽，香山先生肯定還在東京站。我去找他好嗎？……」
「是嗎？」
波子安慰似的答道。
「既然香山是悄聲地來，還是讓他保持悄聲不好嗎？他大概不願意被人發現。」

品子有點心慌意亂。

「香山先生已經放棄了舞蹈，為什麼又來看舞呢？光這點，我就想問問啊。」

「那麼就趕緊去問問吧？不知道他還在不在車站……」

「沒關係。我先去看看，媽媽隨後來……」

品子說著一邊加快腳步，一邊對四個女學生說：

「妳們早點回家吧。」

波子衝著品子的背影呼喊了一聲：

「品子，在車站等我……」

「嗯。在橫須賀線的站臺上。」

品子一邊小跑，一邊回頭看見母親的姿影已經離開很遠，就拔腿快跑起來。

她跑得愈快，就愈覺得香山肯定是在東京站，而且還覺得再晚了他就要無蹤無影了。

品子氣喘吁吁、心潮澎湃，恍如一團團火焰在心中搖曳。

她著實感到，那一幕人群在《普羅米修斯之火》的舞臺上舉起的那些火種，就在自己體內燃燒。

香山的臉面在火焰群的對面若隱若現。

馬路兩旁的古老洋房幾乎都被占領軍占用了。幸虧昏暗的道路上行人稀少，品子繼續奔跑。

「旋轉三十二次、三十二次……」

品子喃喃自語，以解除自己的痛苦。

《天鵝湖》第三幕裏，化成白天鵝的惡魔之女，獨腳豎立，邊旋轉邊跳。旋轉了三十二次，也許更多；如果能繼續保持這種美姿，那就是一個芭蕾舞女演員的驕傲。

品子還沒有被派上跳《天鵝湖》的主角，但是她在訓練中也曾認真地試過增加旋轉的次數，因此這「三十二次」旋轉，是她喘不過氣時所發出的呼喊聲。

來到中央郵政局前，品子放慢了腳步。

她東張西望，然後踏上橫須賀線的站臺。湘南電車停靠在那裏。

「一定是這班電車啦。啊，趕上了。」

品子的呼吸一平息下來，她就挨著車窗窺視車內。她仍然牽掛著看過一遍的客車廂裏、站著的人群中有沒有香山的影子。

她還沒挨到車尾，發車的鈴聲就響了。品子猛地跳上了車廂。

「啊，媽媽……」

品子這才想起和波子約好了在站臺上會面。轉念又想，

「在大船站下車就行。」

品子站在車廂的通道上，掃視了一圈乘客。

品子心想：香山肯定在這班電車上，要到處找他一遍。

在新橋站，電車更加擁擠了。

電車到達橫濱之前，品子走遍了所有車廂，仔細尋找。

然而，沒有香山的蹤影。

「是下班火車，還是電車呢……」

香山許久沒去東京，這次去了也許會遊逛銀座一帶吧。

品子在橫濱站猶疑不決：是不是換搭下一班火車呢？

不過，她還是覺得香山會在這班電車上。是不是自己一時看漏了？來到大船站，下車時品子還是這樣想。

她沿著月臺，逐一把車窗窺看了一遍。電車開動，她才停住腳步。

隨著車窗裏的人影迅速流逝，品子彷彿被這趟電車吸引過去了。

車是開往沼津的，因此香山在熱海換搭伊東線的車。如果品子也搭這班電車，在熱海站或伊東站突然站在香山面前……

品子久久地目送著電車。

電車消失了。普羅米修斯的形象彷彿在夜間的田野上浮現出來。

那是被鎖在高加索山懸崖絕壁上的普羅米修斯。他的肉和肝臟被凶鷲啄食、遭風雨襲擊。一頭白色的母牛從山麓經過。由於大神妃雅典娜的嫉妒，將美麗的少女伊俄變成這副模樣的母牛。普羅米修斯對伊俄母牛說，往南行走，再到遙遠的西方，就會到達尼羅河畔了吧。在那裏，母牛又變回少女的樣子，成為王妃，這個血統將會生出勇士海克力士，去斬斷普羅米修斯的鎖鏈。

母牛伊俄由宮操子扮演。在品子看來，這個舞蹈像謎一般充滿了傾訴、憧憬和痛苦。不知怎的，她覺得自己像伊俄，香山像普羅米修斯。

品子換搭橫須賀線的車，不一會兒就在北鎌倉下了車，等候母親。

「啊，品子，妳搭去哪兒了？」

波子鬆了一口氣。

「我搭湘南電車來著。我趕到東京站，正巧湘南電車即將發車。我斷定香山先生會在那班車上，便上了車。」

「那麼，香山在嗎？」

「他沒搭那班。」

她們走出車站，朝圓覺寺的方向走，直到越過鐵路，兩人都沉默不語。

波子望著那邊落在小路上的櫻花影子，說：

「品子不在東京站，媽以為妳和香山到哪兒去了呢。」

「如果在站上能見到香山先生，我就在那裏等媽媽了。」

品子回答了，聲音卻很低緩。

今天晚上，在帝國劇場的二樓和三樓，品子感到香山愈發向自己逼近過來。

她們倆回到家中，只見矢木和高男面對面地坐在茶室的暖爐旁。

高男有點難為情的樣子。

「您們回來了。」

高男說著，抬頭望了望波子，

「今天我見到松坂，他說代問媽媽好呢。」

「是嗎？」

矢木一聲不言，露出一副不高興的樣子。他和高男兩人，像是在談論有關波子的傳言。

波子感到室內空氣有點沉悶。

「媽媽這麼漂亮，松坂也大吃一驚呢。」

高男說。

「他長得那樣帥，我才感到吃驚吶。他是高男的什麼朋友？……」

「您說什麼朋友？……」

高男突然顯得拘謹、靦腆起來了。

「和松坂在一起，我就感到幸福。」

「是嗎？那孩子能讓你感到幸福？……不知怎的，媽媽覺得他像隻妖精……」

大概男孩子也有從少年轉變到青年的時期吧。有的人突然轉變，有的人轉變並不明顯，各式各樣。不過，他是在轉變的節骨眼上突然出現的。」

「高男也是在節骨眼上吧。」

矢木從旁插話說。

「你要珍重喲。」

「是……」

波子看了看矢木。

「今天晚上也和竹原在一起？」

「不，是跟品子……」

「唔，今晚跟品子一起？」

「嗯，品子來排練場邀我……」

「是嗎？跟品子在一起好是好，不過，近來妳有沒有和高男一起呢？除了妳和竹原散步、碰見高男以外……」

波子一動不動，極力控制肩膀的顫動。

「妳想跟高男分開嗎？」

「啊？……在高男面前，瞧你都說些什麼？」

「那有什麼關係。」

矢木平靜地說。

「高男出世已經二十年。在這期間，全家不就只有四個人嗎？生活上應該互相愛護啊。」
「爸爸。」
品子喊道，
「如果爸爸愛護媽媽，我們大家也就能相互愛護了。」
「唔？……我就猜品子會這樣說。不過，品子妳不知道呀。品子眼裏，媽媽是爸爸的犧牲品吧。其實並非如此，多年的夫妻，哪會一方使另一方犧牲呢。一般都是一起垮下來的。」
「一起垮下來？……」
品子直勾勾地望著父親。
「就是垮了，不能再相互扶起來嗎？」
這回是高男插嘴說話了。
「那個嘛……女人由於自己的原因垮下來，卻認為是丈夫使自己垮了。」

「自己認為是丈夫使自己垮了，也就想借別人的手把自己扶起來。儘管那是由於她自己的原因才垮下來的。」

矢木又重複了同樣的話，並插入「別人的手」這樣的詞句。

「不論是爸爸還是媽媽都不會垮的。」

品子緊鎖雙眉說。

「是嗎。那麼妳媽媽受騙上當了。品子，妳是袒護妳媽媽的。可是妳媽媽與竹原繼續保持奇妙的關係，妳認為可以嗎？」

「我認為可以。」

品子明確回答說。

矢木溫柔地微微一笑。

「高男你覺得怎樣？」

「我不希望被別人問這種問題。」
「這倒也是。」
矢木說著點了點頭。高男卻緊追不舍似的說：
「不過，媽媽上當了，這倒是事實。爸爸也看在眼裏嘛。咱家的生活愈發困苦了，爸爸卻視而不見，這讓我心裏很難過。」
矢木把臉背過去，不望高男，卻抬眼望著波子頭上的匾額。那是良寬[47]書寫的「聽雪」二字。
「這裏頭有一段歷史。高男不曉得這段二十年的歷史哩。」
「歷史？……」
「唔，我不太願意提起，戰前我們家也……唉，也是過著奢侈生活的啊。不

47 良寬（一七五八—一八二一），日本江戶後斯的禪師、詩人，擅長漢詩、和歌和書法。

過，能過上奢侈生活的，也是你媽媽，而不是我。我從來就沒有要過奢侈生活的願望呀。」

「瞧您說的。我們家日子很艱難，這又不是由於媽媽奢侈的關係。那是因為戰爭嘛。」

「當然囉。我並沒有這個意思。我的意思是，即使我們家過著奢侈的生活，我一個人從心理上說，也是一直在過窮日子的。」

高男受了挫傷似的。

「啊？……」

「從這點來說，品子不消說，就是高男也是你媽媽的奢侈的孩子。就是說三個富裕的人養活一個窮光蛋。」

「您這麼一說……」

高男結巴了。

「我不太明白，不過總覺得，我對爸爸的尊敬受到損害了。」

「我早年擔任過你媽媽的家庭教師，你不熟悉那段歷史。」

對矢木的話，波子覺得句句都合理。

可是，波子不明白丈夫為什麼一反常態，說出這樣的話。聽起來像是吐露了心中積壓的憎惡。

「說不定你媽媽會認為受我傷害了二十年呢。然而究竟是不是這樣呢？如果是像你媽媽這樣認為的，那麼品子和高男生下來不就成了件壞事嗎？你們兩人是不是要為這件事向媽媽道歉呢。」

波子打了個寒顫，直顫動到靈魂的深處。

「您是說，讓我和高男兩人向媽媽道歉嗎？說我們不該生下來？……」

品子反問了一句。

「對，如果妳媽媽後悔、不該和我結婚……說到底，不就是這樣的結局嗎？」
「只向媽媽道歉，不向爸爸道歉，這樣做合適嗎？」
「品子！」
波子厲聲喊住品子。然後對矢木說：
「怎能對孩子說這種冷酷無情的話呢？」
「我只是打個比方……」
「是啊。」
高男開腔了，
「生下來了，什麼這樣那樣的，這種事我們即使聽了也毫無體會。就說爸爸吧，您也是毫無體會，只是說說而已吧。」
「只是打個比方啊。兩個孩子都二十來歲了。儘管如此，你媽媽卻要嫌棄我，女人那種根深蒂固的想像力，真叫人吃驚啊。」

波子遭到突然襲擊似的，無所措手足。

「竹原之流，不就是平庸之輩嗎？他的長處，是沒有與波子結婚吧。就是說，是個空想的人物。」

矢木浮起了一絲淺笑。

「大概是箭頭射入女人的胸膛，拔不出來了吧。」

波子不明白這是什麼意思。

「兩個孩子都二十來歲了。」

矢木又重複了一遍，

「從少女算起，二十年基本上就是女人的一生，妳卻讓它在無聊的空想中虛度，事到如今也後悔莫及了。」

波子低下頭來。

她大概無法猜出丈夫的真意為何。矢木的話雖有其道理，卻沒有一貫的關聯。

他明明是在責備竹原，卻沉著冷靜，不禁令人懷疑他是不是在折磨波子。

然而，波子覺得，這也可以看出矢木自身的空虛與絕望。矢木從未像現在這樣失去理智，爭吵不休。

波子從沒見過矢木在孩子面前如此暴露自己的恥辱。

矢木似乎要讓孩子們承認：如果波子受傷，矢木也受傷；波子垮了，矢木也就垮了。這種說法，在品子和高男身上究竟會引出什麼反應呢？

「如果四人彼此都互相愛護……」

波子聲音顫抖，後面的話，說不出來了。

「品子和高男你們也都好好想想吧。按你媽的做法，很快就會把這間房子賣掉，我們都要變成一無所有了。」

矢木冒出一句。

「行啊。媽媽把一切都盡快丟棄好了。」

高男說著聳了聳肩膀。

這間房子沒有大門，也沒有籬笆。小山環抱著庭院，山的豁口，自然地成了入口。這裏是山谷的窪地，冬天很暖和，是個向陽的地方。

入口左右兩側是小廂房。右廂房先前雖是別墅看守人的住房，也可以看出波子父親在建築上的愛好。戰後曾一度把這間房子租給了竹原。現在是高男在住。波子打算賣掉的，就是這間廂房。

品子獨自住在左廂房。

「姊姊，我可以到妳那兒待一會兒嗎？」

一走出正房，高男就說。

品子在黑暗的庭院中，手裏拿著火鏟和火種，火光映照在大衣的鈕釦上。

品子低頭往火盆裏添木炭，手卻在顫抖。

「姊姊，妳怎樣看爸爸媽媽的事呢？事到如今，我不震驚，也不悲傷。因為我是個男子漢……無論是對家庭還是對國家，我都沒有理想。即使沒有父母的愛情，我一個人也能活下去。」

「有愛情呀。無論母親或是父親……」

「有是有。不過，父母之間的愛情，要是匯合成一股暖流、傾注在孩子們身上就好了，然而它卻是分別地傾注過來的呀。對於我們這些處在現今不安的世界中、又恰恰是未定型的不安年紀的人來說，要努力去理解爸爸和媽媽雙方的感情，實在累死人了。倒不是父親辯解，可是共同生活了二十年的夫婦的不安是什麼呢？父親說孩子生下來就是件壞事，倘使要我們道歉，也是向自己、向時代的不安道歉吧。天曉得父母是怎麼想的。如今孩子的不安，是不能指望父母來消除的。」

高男愈說愈激昂，一個勁地吹著那些火種。

火灰揚起。品子抬起臉來。

「媽媽說像妖精的那個松坂呀，他看到媽媽，就對我說你母親在談戀愛吶……是悲戀啊。松坂說，看到這種情景，不禁令人泛起一種繾綣的鄉愁。看到媽媽在談戀愛的姿影，就有一種戀愛的感覺……與其說他喜歡媽媽，不如說他喜歡媽媽的戀愛。松坂是個虛無主義者，虛無得像一朵豔麗、濡濕的花……也許是對松坂著了迷吧，我也並不覺得媽媽的戀愛是不純潔的。媽媽是不是憎恨我，說我替爸爸監視媽媽呢？」

「有什麼可憎恨的……」

「是嗎？的確，我是在監視媽媽的啊。我偏袒爸爸，無疑是尊敬爸爸。可它卻是一種幻滅，爸爸受到母親的愛護、又遭到母親的背叛啊。」

品子像被捅了胸口似的望了望高男。

「不談這些啦。姊姊，我或許要去夏威夷大學讀書。爸爸正在替我打點。他大概害怕我留在日本會成為共產主義者。爸爸說，在決定之前要對媽媽保密。」

「啊？」

「爸爸他本人也要去擔任美國的大學教師，正在作準備哩。」

高男說他要去夏威夷，矢木要去美國，但是都還沒有落實。可矢木竟對波子和品子隱瞞這個計畫，使品子感到震驚。

「難道要把母親和我丟下不管？……」

品子喃喃地說。

「我覺得姊姊也去法國或者英國算了。媽媽會任意把這間房子和她的東西都賣掉……反正終究會像這樣變賣精光的……」

「一家離散？……」

「即使住在一起，不也是各奔東西嗎？在行將下沉的船裏，都是各自掙扎的嘛……」

「按你剛才說的，豈不是要讓媽媽一個人留在日本？」

「結果是這樣的吧……」

高男的聲音很像他父親。

「可是，就說媽媽吧，說不定她也想得到解脫吶。一生中就是有那麼一段時間完全讓她一個人待著，會怎麼樣呢。二十多年來，她一直照顧我們三個人，現在她在叫苦……」

「啊？你的話怎麼那麼冷冰冰的？」

「爸爸好像覺得把我一個人留在日本挺危險的。就像從前的人一樣，我們並不以國家自豪，或以國家為依靠。爸爸的觀點很新鮮，我很喜歡。我不是為了發跡或學習到外國去。我在日本將會墮落，將會破滅。為了避免這種危險，我大概要被趕出日本吧。父親有個朋友在夏威夷的本願寺，是他邀我過去的。我去那邊工作。我和爸爸意見一致，認為不回日本也好。成為國際人士，這像是希望，也像是絕望；爸爸給我施加麻醉哩。」

「麻醉？……」

「想來爸爸是想將兒子丟棄在國外；爸爸的心理有些地方挺可怕的。」

品子望著高男那雙纖細的手。他攥緊拳頭在摩擦火盆邊。

「媽媽真傻。」高男漫不經心地說，

「以姊姊來說吧，要跳芭蕾，就得早日走向世界，否則短暫的一生不就碌碌無為了嗎？不管到世界的什麼地方，一年是一年。最近我這麼一想，就覺得這個家庭沒什麼可留戀的了。」

高男說，爸爸之所以計畫去美國或南美，大概是害怕下次戰爭吧。

「姊姊，倘使我們家四個人分別在世界四個國家生活，回憶起日本的這個家，不知會湧起一種什麼樣的感情呢。如果我寂寞，我也會這樣空想哩。」

高男回到對面的廂房去了。剩下品子一人，她擦掉撲粉，將臉靠近鏡子，照了照自己的眼睛。

父親和弟弟，男人們的心思總是有點可怕。

然而，閉上映在鏡子裏的眼睛，就看見被鎖在山岩上的普羅米修斯，她又覺得他彷彿是香山。

當天晚上，波子拒絕了丈夫的要求。

漫長的歲月，她從未公開拒絕過，更沒有公開地主動要求過。對於這點，波子雖也覺得有些不可思議，但也一直是半認命的，這就是女人的象徵吧。但是一旦拒絕了，也沒什麼了不起。不過是一種必然的趨勢罷了。

轉瞬間，不知怎的，波子像被彈起似的坐了起來，把睡衣的領子攏緊。

矢木嚇了一跳，以為波子的身體什麼地方疼痛，睜開眼睛看了看。

「好像有根棍子直捅到這兒，」

波子說著，從胸脯一直撫摸到心窩，

「請別碰我。」

波子對自己這種猛然拒絕丈夫的行為感到驚訝，變得滿臉通紅。她撫摸胸膛的手勢，活像個孩子。

她顯得非常靦腆，蜷曲著身子。

因此，矢木沒有發現波子毛骨悚然的樣子。

波子熄滅枕邊的燈，躺了下來。矢木從後邊輕輕地摩挲著像有根棍子捅進來似的、僵硬的胸脯。

波子脊背上的肌肉忒忒地跳動。

「這個嗎？……」

矢木說著按住繃緊的筋。

「不用了。」

波子把胸脯扭過去，想遠遠地離開矢木。矢木的胳膊用力把她拽了過來。

「波子！剛才，我口口聲聲說二十年、二十年，除了妳這個女人，我二十多年來不曾觸摸過別的女人。我只被妳這個女人迷住。作為一個男人，這是不可思議的例外，為了妳這個女人……」

「什麼這個女人女人的，請你別說了。」

「我不認為還有其他女人，所以才說妳這個女人的。妳這個女人是不懂得妒忌的吧。」

「懂得哩。」

「妒忌誰呢？」

波子現在妒忌竹原的妻子，可又說不出口。

「女人沒有不妒忌的。就算是見不著的東西，女人也會妒忌的。」

聽見矢木的呼吸聲，她像是要躲開他的氣息似的用手捂住了耳朵。

「假如我們是一對連生下品子和高男都成了壞事的夫婦……」

「唔。我只是打個比方，說說罷了。可是，生了高男就沒有再生孩子，那是為什麼呢？再生一個也很好嘛。一想起這些，我就覺得妳熱中於舞蹈以後，不會再生孩子了，對吧？一個基督教牧師這樣說過，舞蹈的創始者是惡魔，舞蹈的隊伍是惡魔的隊伍……如果妳不再跳舞，就是今後，也許還可以生一、兩個孩子呢。」

波子又是一陣毛骨悚然。

波子連想也沒想過，事隔二十年還生孩子。矢木這麼一說，聽起來像是壞心眼兒，討人嫌呢。

然而，確實不見得沒有這種錯誤。波子覺得恐怖極了。

波子和竹原在一起，恐怖感也會偶爾發作；今晚即使是跟矢木在一起，也被恐怖感纏住了。

欣賞了《長崎踏聖像舞》之後，波子曾悄聲對竹原說：

「我再也不說可怕了。」

波子這樣說，是因為她自己也發覺：過去自己的恐怖感時有發作，其實還不是愛情的發作。她向竹原傾訴這種感情的劇烈變化。

但是，和矢木在一起所感到的恐怖，與愛情的發作並非同一件事。如果硬要扯上愛情，那麼這可能是喪失愛情的恐怖，或是在沒有愛情的地方描繪愛情、愛情幻滅的恐怖吧！

波子甚至領會到：人與人之間的厭惡，沒有比夫婦之間的厭惡，更有切膚之感，實在令人生畏。

假如它變成憎惡，那就是最醜陋的憎惡了。

不知為什麼，波子竟回想起一些無聊的往事。

那是和矢木結婚後不久的事。

「小姐連燒洗澡水也不會吧？」

矢木說。

「放上鍋蓋，就可以節約煤炭了。」

於是矢木剖了一個啤酒箱，親手造了一個鍋蓋。

連把握燒水的火候、添減煤炭這樣的事，矢木也非常仔細地教她。

波子燒洗澡水的時候，做工粗糙的蓋子漂浮在洗澡水上，她覺得很骯髒。

做鍋蓋足足花了矢木三、四個鐘頭。波子站在他後面呆呆地望著。矢木當時的模樣，她至今記憶猶新。

矢木今晚的談吐最刺激波子的，是他坦白說出自己一個人在這個家庭裏生活奢侈，而心理上卻很空虛。聽到這些話，波子彷彿腳跟站不穩，被推下黑暗的深淵。

二十多年來，他一直仰仗波子的財產過日子，這簡直是一種深沉的怨恨或是一種報復。是矢木的母親湊合矢木與波子結婚的。矢木彷彿在頑強地實現他母親的計謀。

矢木像往常一樣，用手溫柔地誘惑她，她依然拒絕了。

「說那種話，品子和高男會怎麼想呢？我放心不下。我去看看再回來。」

波子說著，起身走了出去。

她真的來到庭院，仰望星空，感到自己無處可去。

天上的星星貼近後山，閃出明亮的光，把山姿照映得恍如日本畫中的怒濤。

佛界和魔界

品子走進父親的房間，矢木不在屋內。她看見壁龕裏掛著一幅少見的字幅：

「入佛界易，進魔界難。」

大概是這樣讀的吧。

靠近一看，是一休的印鑒。

「一休和尚？……」

品子多少感到親切。

「入佛界易，進魔界難。」

這回她大聲讀出來。

她雖不太明白禪僧這句話的含義，但所謂「入佛界易，進魔界難」，似乎是相反的。她看到這樣書寫的文字，試著用自己的聲音讀了一遍，若有所悟似的。

這句話好像還在了無人影的房間裏旋蕩。一休的大字像一雙活生生的眼睛，從壁龕裏睨視著周圍。

有跡象表明父親剛才還在房間。房裏殘留的熱氣，反而令人感到落寞。

品子悄悄地坐在父親的坐墊上，心情卻不能平靜下來。

她用火筷撥了撥火灰，現出了小小的炭火。這是備前[48]燒製的手爐。

桌子一角上的筆筒旁，立著一尊小地藏菩薩像。

這地藏菩薩是波子的。不知什麼時候，把它放在矢木的桌上了。

那尊木像高七、八寸，據說是藤原時代[49]的作品。烏黑烏黑的，顯得很骯髒。禿圓的頭，不折不扣是佛頭。一隻手拄著比身體還高的枴杖。這枴杖也是珍品，筆直的線條，非常清晰。

從大小來看，也是一尊可愛的地藏菩薩。品子端詳了一會兒，不覺害怕起來。

品子心想：父親今早坐在桌前不也是這副模樣？一忽兒看看地藏菩薩，一忽

48 地名。

49 藤原時代是日本史，特別是美術史劃分的一個時代，即日本平安時代中後期。

兒欣賞一休的字幅嗎？她又將視線投向壁龕。

開頭的「佛」字是用工整的正楷書寫的，到了「魔」字，就成了潦草的行書。品子不由得感到有一股魔力似的，這同樣令人生畏。

「可能是從京都買來的吧……」

這掛軸不是家中從前就有的。

不知是父親在京都意外發現了一休的書法呢，還是由於喜歡一休的名言才買來的？

以前掛在壁龕一旁的畫軸收起來了。

品子站起身，走去看了看。原來是久海書畫的斷片。

波子的父親早先在這家裏放了四、五幅藤原[50]的詩歌斷片，如今只剩下久海斷片，其他波子都變賣了。傳說久海斷片是出自紫式部的手筆，因此矢木十分珍惜。

品子出了父親的房間。

「入佛界易，進魔界難。」又一次自言自語著。

說不定這句話有什麼地方與父親的心相通吶。它本身的意義，也引起品子浮想聯翩，的確是無法捉摸啊。

品子很想跟父親談談母親的事。在母親去東京之前，她一直待在排練廳裏。後來她才到父親的房間裏來。

莫非一休的字，替代父親回答了什麼？

大泉芭蕾舞研究所擁有超過兩百五十名學生。

這裏不像學校有固定的招生和入學時間，而是隨到隨收。也有的人連續歇

---

50 藤原定家（一一六二—一二四一），日本鎌倉前期歌人，書法家。

息，或者乾脆不來，始終都有學生進進出出，確切數字很難掌握，但是，沒有少過兩百五十人。而且細算起來，總是增加的。

可以這樣認為吧，除了大泉芭蕾舞團以外，東京主要的芭蕾舞團大體都擁有兩、三百個學生。

這眾多學生，都是沒有經過嚴格考試進來的。如同學習其他技藝的弟子一樣，只要想學芭蕾舞，很容易就能進來。入學時，也不深入調查這少女適不適合跳芭蕾舞、有沒有前途、能否登臺表演。

在東京，有六百處芭蕾舞講習所，按照一個大講習所擁有三百名學生計算，如果建立一個組織嚴密的舞蹈學校，從中挑選素質好的學生，加以正規、嚴格的訓練，該有多好啊。可是，看樣子還沒有這樣的計畫。

以大泉研究所來說，學生多半是女性，都是放學回家順道去排練的。女生班分為五個組。

她們下面設有小學生的兒童組。

女生班上面有兩個班，年齡大些，技術也高些。再上面還設有大師班。大師班，顧名思義，是芭蕾舞中的佼佼者。研究所所長大泉經常指導她們，共同學習。她們是這個芭蕾舞團的主要演員，只有十個人。

女性八人，男性兩人。品子也是其中之一。從年齡來說，品子是最年輕的。

大師班的成員都身兼助理教師，分別擔任低年級的教學工作。

除了這些班級之外，還設有名叫專科的組。這是為職工而設的班組，年齡參差不齊。芭蕾舞團公演的時候，倘使與職工的工作衝突，就不能登臺表演。

品子上大師班，每周三次，再加上助理教師的排練日，大致上每天都要到研究所去。

研究所坐落在芝公園裏面，從新橋站步行也需十分鐘。

今天品子心情沉重，她沒有搭車，茫茫然地步行過來；只見一位母親帶著像是小學五、六年級學生的女孩，站在研究所門口。

「請問，能不能讓我們參觀一下呢？」

「噢，請進。」

品子答罷，看了看少女。

大概是孩子想學芭蕾舞，母親也就跟著來的吧。品子打開門扉，請她們母女先進去。裏面傳來了呼喊聲。

「品子，來得正好。等著妳吶。」

這是野津在呼喚品子。他是這裏的首席男舞蹈演員。

野津跳王子的角色。作為扮演公主之女芭蕾舞演員的搭檔，他具有優雅的英姿，與角色相稱。從綳緊的腰身，到長長的腿腳，看上去那線條相當羅曼蒂克。芭蕾舞設計的古典式白衣裳也很合身，這在日本人當中也很罕見。

不過，排練的時候，他是穿黑色。

「太田今天休息，我想品子來了，就拜託品子作鋼琴伴奏。」

野津說話，不時帶著女人的腔調，

「可以吧？」

「好吧。」

品子點點頭，卻又說：

「鋼琴嘛，誰都能彈。」

太田是個女鋼琴手，每天都來為演員排練伴奏。

芭蕾舞的基本練習，即使沒有鋼琴伴奏，由教師嘴上或用手打拍子，也不是不能進行；再說，許多講習所也都沒有伴奏。這裏使用了卻革堤51的練習曲。有音樂伴奏和沒有音樂伴奏大不相同。習慣於有鋼琴伴奏排練的學生，一旦沒有伴奏，就會感到無所適從。

品子對前來參觀的母女倆說：

「請到這邊來。」

她勸她們兩人在門口旁邊的長椅上坐下，自己走到了暖爐旁。

「品子，妳的臉色很不好啊，是不是？」

野津小聲地問道。

「是嗎？」

品子站著，一動不動。

「我請妳彈鋼琴，妳不高興了吧？」

「哪裡。」

野津頭上紮了一條藍色綢帶，上面印有細碎的水珠花樣。沒有結子，紮得很巧妙。那只是為了防止頭髮散開，可是從這些地方也可以看出，野津是好修飾打扮的。

「雖然有人彈練習曲，但還是……」

野津從暖爐前的椅子上半轉過頭，抬眼望了望品子。額頭用藍綢裹著，眉毛俊美極了。

他大概是在讚揚品子的鋼琴伴奏吧。

品子幼時，母親就教她彈鋼琴了。

波子甚至覺得到了現在的年紀，還是當鋼琴教師比較輕鬆些，她積累了一些正規排練的經驗。波子年輕時——二十年前——就像個行家了。

一般舞曲，品子都能彈奏。卻革堤的練習曲，是為教授芭蕾舞的基本動作而

51 恩利可．卻革堤（Enrico Cecchetti, 1850-1928），一九一八年於倫敦成立舞蹈學校、一九二二年與英國舞蹈史家包蒙（Cyril Beaumont）合力編纂《卻革堤古典芭蕾教學法》（*The Cecchetti Method of Classical Ballet*），並且成立卻革堤協會（Cecchetti Society），陸續於世界各地推廣芭蕾舞教學。（編注）

創作，當然很容易。再加上幾乎每天來回細聽、自己反覆彈奏，已經嫻熟，全部都記在腦子裏了。

品子不知不覺神遊起來，野津走過來說：

「妳怎麼啦？節奏快了些，和平時不一樣。」

這時間排練的，是女學生班上面二組中的B組，稱作高等科。在公演的舞臺上，她們都是跳群舞的角色。從高等科的B班可升到A班；能跳得更好的人，還可被拔擢到品子她們的大師班。

用芭蕾舞術語來說，群舞裏有跳雙人舞，也有跳領舞的。領舞就是站在群舞前面跳的。

有時大師班的獨舞演員也跳領舞，有時也挑選跳領舞的演員去跳獨舞。

大泉芭蕾舞團兩百五十多人中，能上臺參加公演的，約莫有五十餘人。

若論高等科B班，他們都是訓練多年，藝術技巧嫻熟，也熟悉這研究所的風格和教授方法。

何況這種抓住把杆的起步練習，來回都是一種動作，自然能夠順利進行，品子彈奏鋼琴，也就只是如同平常一樣動動手指。

她被野津指責了。

「對不起。」

品子抱歉地說，

「你是說快了點兒？……是快了點兒嗎？」

品子心想：不至於吧？她的表情好像被人突然襲擊，有點掩飾難為情的樣子。

「我只要有這種感覺罷了。妳心不在焉，我有點著急……」

「哦，對不起。」

品子臉頰緋紅，望著白色的琴鍵。
「沒什麼。品子是不是發生了什麼事？」
野津悄聲說，
「就說跳舞吧，也是那樣嘛。不時會感到沉重，跳著跳著就喘不過氣來。」
他這麼一說，品子覺得自己的呼吸也真的急促起來，心撲通撲通地跳動。
野津的汗臭，更讓品子感到窒息一般。
野津靠近過來，品子恢復了意識，這時覺得他的汗臭特別刺鼻。
兩人共舞的時候，野津的汗臭有時還好，現在好像是舊汗臭，格外刺鼻。
野津平時也經常換洗練習服。大概現在是冬天，不勤換了吧。
「對不起，我注意點兒。」
品子討厭臭味，冷不防地說了一句。
「過一會兒……」

野津離開鋼琴，招呼著說，

「那麼，拜託了。」

品子用力彈奏起來。合著學生的舞步聲，自己的身子也在搖動，協調一致了。

現在離開把杆練習了。

正如音樂使用義大利語一樣，芭蕾舞使用了法語。

野津用法語不斷地命令學生變換舞蹈動作，他的法語，隨著品子的鋼琴伴奏，似乎變得更流利了。品子彈奏著，彷彿也被野津的聲音所牽縈。

野津甜蜜的聲音激越、清脆，不斷重複喊著「掖腿」、「並立」，這些發音對品子來說，猶如在溫柔的夢中旋蕩。

野津時而用手，時而用嘴打著拍子。

聽起來，這些聲音好像夢中的回響，品子覺得學生的舞步聲戛然遠離了。她喊了一聲：

「不行！」

便看了看樂譜。

本來排練一個小時，由於野津熱心，延長了二十分鐘。

「謝謝，辛苦啦。」

野津來到鋼琴旁，指了指額頭。

品子強烈地感到了一陣新的汗臭味。她的鼻子如此敏感，大概是心力交瘁了吧。

「讓排練場空閒一個小時吧。歇一會兒，一起練好不？」

野津對品子說。品子搖搖頭：

「今天不練了。我彈鋼琴。」

一小時過後，繼女學生班之後，應該是職工班排練。

品子回到暖爐邊，兩個坐在門旁長椅上、前來觀摩的女學生站起身說：

「我們想要一份章程……」

「好的。」

品子把章程連同申請書遞給了她們。帶著小學生前來的那位母親也對品子說：

「我也要一份。」

野津獨自在排練場的鏡子前練習獨舞。

野津騰空跳躍，雙腳在空中互拍，作擊足跳和勃里塞[52]。野津的勃里塞漂亮極了。

在暖爐前，品子靠在椅子上，直愣愣地望著前方。

52 指芭蕾舞中entrechat（兩腳騰躍交叉或相碰）和brisé（雙足跳起，雙腿在空中輕輕相擊）兩個動作。（編注）

擔任下個班課程的助理教師們也來到排練場，各自練習起來。

野津離開排練場不過一會兒，就完全換了裝，從裏面走了出來。

「品子，今天回家……我送妳。」

「可是，沒人伴奏呀。」

「放心吧。總會有人彈的。」

野津把抱在手上的大衣穿上，說：

「從對面鏡子看見品子的影子，也知道品子很難過。」

品子以為野津只注意自己鏡中的舞蹈，怎會想到他竟留心著自己從遠處映在鏡中的臉色呢。

他們的車子朝著御成門的方向駛去，下了坡道，品子說：

「我想順道到家母的排練場去看看……」

野津卻說：

「我有好些日子沒見令堂了。我也去可以嗎？」

於是，他把車子停下來。

「前些時候，記不得是哪天了，我見到令堂，她談過女芭蕾舞演員是結婚好、還是不結婚好的問題。令堂說不結婚好。我說還是戀愛好吧……」

記得有一回指導跳雙人舞的時候，品子曾聽野津若無其事地說過這樣的話：兩人跳起舞來如此契合，究竟結成夫妻好、成為戀人好，還是作為毫無關係的人好呢？

專心投入舞蹈課業的品子，突然介意起來，身體變得僵硬，動作也不再靈巧。她一拘謹，把身體託付給男子的舞蹈，也就跳不下去了。

女芭蕾舞演員是以各種姿勢將身體完全託付給男演員的，諸如擁抱、托舉、上肩或者接住女演員的投身等等。因此也可以說是用男女的身體，在舞臺上描繪出愛的各種形象。

男主角甚至被認為是「女主角的第三隻腿」，充當騎士的作用。相反地，女主角作為戀人的角色，則與男主角融合在一起，把「第三條腿」當作自己身體的一部分。

品子還不是大泉芭蕾舞團的名演員或首席女演員的時候，野津就很喜歡挑選她當雙人舞的搭檔。

旁人也認為，兩人戀愛結婚是自然的趨勢。

品子是個年輕女子，野津也許比結婚還要熟悉她的身體。或許品子多少已經屬於野津了。

然而，對於野津，品子有些地方感受不到他是男性。

許是舞蹈慣了，許是品子是個年輕女子吧。

由於是個年輕女子，品子的舞蹈很難表現出風流的情調；遭野津一說，她的身體突然變得僵硬起來。

兩人同乘一輛車，品子覺得比兩人一起跳舞更不自在。

何況今天她不願意讓母親見到野津。

她不願意讓野津看見母親憂慮的面容，或者煩惱的陰影。再說品子總惦掛著母親的事，她想獨自去。

「真是一位好母親啊。但是，一談到女芭蕾舞演員結婚、戀愛的話題，令堂腦子裏好像旋即浮現品子的事而陷入沉思……」

野津的話，也使品子煩惱透了。

「是那樣嗎？」

波子的排練場沒有燈光，門扉卻是敞開著。

波子沒有在屋裏。

日暮時分，地下室昏暗，只有牆上的鏡子發出暗淡的光。沿著對面的路，路燈的光投影在長長的高窗上。

空蕩的排練場，冷颼颼的。

品子開亮了燈。

「不在嗎？回去了吧？」

野津說。

「嗯，不過……房間沒上鎖呀。」

品子到小房間裏看了看。波子的排練服掛在那裏。她摸了摸，冷冰冰的。

排練場的鑰匙，波子和友子各執一把。一般是友子早到，由她開門。

友子不在，母親將友子的鑰匙委託給誰保管了呢？品子粗心，竟不關心母親的排練場鑰匙。莫非友子不在帶來的不方便，甚至波及到鑰匙上？

儘管如此，一絲不苟的母親為什麼竟會忘記鎖門就離開了呢？品子深感不安。

今天是莫名其妙的日子。品子到父親的房間裏看了看，父親不在；她來到母親的排練場，母親也不在。這些事湊在一起，使品子愈發忐忑不安。

就像一個人剛剛還在，走後還有他的影子，這反而使人更覺空虛了。

「媽媽會上哪兒去呢？」

品子照了照那裏的鏡子。她覺得母親剛才彷彿還在鏡中。

「唉呀，鐵青……」

品子看見自己的臉色，不禁驚叫一聲。野津在對面，她不好重新化妝。

品子她們排練出汗，幾乎不塗白粉，口紅也是抹了薄薄一層。很少用化妝來修飾她們的臉色。

品子來到排練場，把煤氣暖爐點燃。

野津靠在把杆上，目光追著品子說：

「不用升爐子了。品子不是也要回去了嗎？」

「不，我想等媽媽。」

「她會回來嗎？那麼，我也……」

「我不知道她會不會回來。」

品子把水壺放在暖爐上，然後從小房間裏把咖啡容器拿出來。

「是個好排練場啊。」

野津說著，環視了四周。

「有多少學生呢？」

「六、七十人吧。」

「是嗎？前些日子我問了沼田，他說令堂春天也要舉辦表演會……」

「還沒決定呢。」

「要是令堂登臺，我們也想助她一臂之力啊。這裏沒男演員吧？」

「嗯。因為沒有招收男弟子。」

「在表演會上若是沒有男演員，不覺得寂寞嗎？」

「嗯。」

品子心裏不安，連話都不想說了。

品子低著頭倒咖啡。

「連在排練場也用成套的銀製器皿……」

野津很稀罕似的說，

「排練場上全是女性，真乾淨。令堂用心真周到啊。」

這麼說來，銀製器皿也很適用，收拾得乾乾淨淨的。可室內卻沒有大泉研究所那種蓬勃朝氣。那邊牆上，張貼著大泉芭蕾舞團幾次公演的宣傳畫，裝飾得很華麗；這邊牆上只掛著外國女芭蕾舞演員的照片，略加點綴。連從《生活》雜誌上剪下來的照片，波子都工工整整地裝在鏡框裏。

「我是什麼時候看過令堂的舞蹈呢？可能是戰爭剛爆發那陣子吧？……」

「可能是吧。戰爭惡化以後，母親也沒有離開過舞臺。」

「是和香山一起跳……」

野津試圖追憶起當年波子的舞蹈。

「從現在來看，香山當年相當年輕。恰好是我這個年紀吧？……」

品子只是點點頭。

「他和令堂的年齡相差很大，看不出來啊。」

野津壓低聲音說，

「據說香山也經常和品子一起跳？……」

「什麼一起跳？……那時我還是個孩子。根本談不上什麼一起跳。」

「那時品子多大？……」

「最後和他跳？……是十六歲。」

「十六歲？……」

野津回味似的重複了一遍。

「品子忘不了香山嗎？」

品子竟明確地回答說：「忘不了啊。」

這連品子本人也沒有想到。

「是嗎？」

野津站起身來，雙手揣進大衣兜裏，在排練場上踱來踱去。

「可能是吧。我是那樣想的。我很理解。不過，香山已經不是我們世界裏的人啦，是吧？」

「沒的事兒。」

「這麼說，品子和我跳舞，也覺得是在和香山跳囉？」

「沒的事兒。」

「沒的事兒？兩次回答都一樣啊……」

野津從對面直朝品子走來，

「我等著可以嗎？」

品子像是害怕野津靠近，搖了搖頭。

「有什麼可等的，這種……」

「但是，妳應該知道，我是在等待著妳的啊。老早以前就……再說，香山又不是妳的什麼情人，不是嗎？」

野津說：香山不是妳的情人。也許是那樣吧。

然而，品子的純潔感情恰恰和野津這句話的意思相反。

野津來到品子身邊之前，品子霍地站了起來。

「香山先生即使什麼都不是，也沒有什麼關係麼。我對別人的事……」

「別人的事？……我也是別人嗎？」

野津喃喃自語，改變了方向，往旁邊走過去了。

品子望著牆鏡映現的野津的背影。他的脖頸上圍著一條米字格紅圍巾。

「品子還在做少女的夢嗎？」

品子在鏡中追逐著野津的姿影。這時她感到自己的眼睛閃閃有光。不是為了野津。毋寧說是湧起了一股拒絕野津的力量。

同時也是一股要戰勝自己內心寂寞的力量。

究竟是什麼樣的寂寞呢？品子總感到寂寞，自己的身體也驟然繃緊了。

「我已經下定決心，在家母說我的舞蹈沒有前途之前，我不考慮婚姻問題。」

「在今堂說妳的舞蹈沒有前途之前？……和香山也？……」

品子點了點頭。

野津一直走到對面的牆邊，回頭望了望品子，品子在點頭。

「是夢啊，真不愧是個小姐……這麼一來，我和妳跳舞，不就成了阻撓妳的結婚了嗎？小姐這種人，給男性分派了不可思議的任務啊。」

野津說著走了過來，

「妳在撒謊。妳心中思念著香山，才說這種話……」

「不是撒謊。我想和家母在一起。家母為了我的舞蹈，整整傾注了二十年的心血啊。」

「我維護妳的舞蹈……」

品子對此好像也點了點頭。

「那麼，我相信妳的話了。妳跟我跳舞的時候，沒想到要和香山結婚囉？

……」

品子皺起眉頭，盯著野津。

「我愛妳，妳則愛香山。但是，妳和我跳舞，這兩種愛都受到抑制。這樣，品子和我跳的雙人舞是什麼幻影呢。是兩種愛的虛幻的流動吧？」

「不虛幻啊。」

「總覺得像是一個脆弱的夢。」

野津被品子閃爍的目光所打動。他和剛才簡直判若兩人，神采飛揚。在咄咄逼人的美貌中，惟有眼瞼帶著幾分憂愁。

「我邊跳舞邊等著吶。」

品子眨巴著眼睛，微微地搖了搖頭。

野津把手搭在品子的肩上。

品子回到家中，見高男的廂房亮著燈火。

她便呼喚：

「高男、高男。」

從套窗裏傳來了高男的回答聲：

「姊姊回來啦。」

「媽媽呢？……回來了嗎？」

「還沒有呢。」

「爸爸呢？」

「在家。」

傳來了高男開門的聲音。品子逃脫似的說：

「好了，甭開門了。過一會兒再……」

庭院裏已罩上了夜色。品子不願讓高男看見自己忐忑不安的神色。

門聲沉靜下來。

但是，高男像是站在走廊上。

「姊姊，妳有回談過崔承喜的事吧？」

「嗯。」

「十二月三日的《真理報》刊登了崔承喜的文章哩。」

高男的語氣像在講一件大事。

「哦?」

「也寫了她女兒逝世的事。她女兒到蘇聯演出時，在莫斯科深受歡迎……崔承喜的講習所擁有一百七十個學生吶。」

「是嗎。」

品子對崔承喜在蘇聯的報紙上發表文章，並不像高男那樣津津樂道。

她用不安的目光，掃視了灰濛濛地映上冬日枯萎梅枝影子的擋雨板。

「爸爸吃過飯了?」

「嗯，跟我一起吃過了。」

品子沒去自己的廂房，直接上正房去了。

品子想到今晚自己不是見到母親之後才去看父親，心裏惴惴不安，反而不由自主地說了聲「我回來了」，似乎很難走進父親的房間。

「爸爸，白天我到您房間裏來，以為您會在……」

「是嗎。」

矢木從桌前回過頭來，把身子轉向手爐的方向，等待著品子。

「爸爸，那幅一休的佛界、魔界，是什麼意思呢？」

「這個嘛……這句話真有意思哩。」

矢木說罷，平靜地看了看掛在壁龕裏的墨跡。

「爸爸不在屋裏，我獨自觀賞了一番，有點顫慄哩。」

「哦？……為什麼？」

「入佛界易，進魔界難，是這樣讀的嗎？所謂魔界，是指人間的世界嗎？

……」

「人間世界？……魔界？」

矢木感到意外似的反問了一句，卻又說，

「也許是吧。是這樣也好嘛。」

「像一個人那樣生活，為什麼是魔界呢？」

「所謂像一個人，人在哪兒？也許淨是魔鬼哩。」

「爸爸就是帶著這種想法欣賞這幅墨跡的嗎？」

「不見得吧……這裏所寫的魔界，還是魔界吧。是個可怕的世界。因為它比入佛界還難呢。」

「爸爸想入，是嗎？」

「妳是問我想入魔界嗎？這樣提問是什麼意思呢？」

矢木滿臉和藹的表情，溫柔地微笑了。

「如果品子決定妳媽媽入佛界，我進魔界也未嘗不可……」

「哎呀，不是這樣的。」

「『入佛界易，進魔界難』這句話，使我聯想起另一句：『善人成佛，況惡人乎』。不過，好像是一碼事。一休的話是排斥感傷情緒的，不是嗎？排斥像妳媽媽和妳這樣的人的感傷情緒……排斥日本佛教的感傷和抒情……或許這是嚴峻的戰鬥語言吧。對、對，十五日會上，展出《普賢十羅剎圖》，品子也去看了吧。」

「去了。」

北鎌倉一個叫住吉的古美術商的茶室，每月十五日都舉行例會。舊家具商和茶道愛好者輪流燒茶，形成關東一種主要的茶會。

主人住吉是個美術商的元老，擔任了東京俱樂部的主任，他有些地方像參禪和尚，淡泊、風雅；有些地方比茶道師傅更精通茶道。十五日的茶會，就是靠這位住吉老人的人品支撐著。

因為相距很近，矢木三天兩頭去看《普賢十羅剎圖》。這幅圖早先是掛在益田家的壁龕上。矢木也曾邀波子和品子去鑒賞過。

「那是妳媽媽所喜歡的吧。十羅剎圍著騎白象的普賢菩薩，都是穿著十二單衣[53]的美女。形象跟當年宮中的仕女一模一樣。是藤原時代華美、感傷的佛畫。大概可以看出藤原時代的女性趣味和崇拜女性吧。」

「不過，媽媽說過：普賢的臉只是美，並不那麼稀罕。」

「是嗎。普賢是個美男子，卻把他描繪得像個美女。就以阿彌陀如來自西方淨土來迎的那副《來迎圖》來說，不愧是藤原所憧憬的幻影，也有滿月來迎的話。藤原道長[54]逝世時，阿彌陀如來手中拿著的一根絲線，藤原自己抓住了絲線的一頭。《源氏物語》產生在藤原道長的時代，我年輕的時候，似乎聽到妳媽媽

---

53 十二單衣，是一種古時貴族婦女的禮服，因套十二層單衣而得名。

54 藤原道長（九六六—一〇二七），平安中期的執政者，實行攝政，是平安期的極盛時期。

嫌棄地說，調查了源氏，卻是個野蠻的窮人之子，跟藤原的風流與悲哀毫無緣分，很卑俗。」

矢木瞧了瞧品子的臉，接著又說，

「那幅《來迎圖》上，來迎人間靈魂的佛爺們打扮得十分瑰麗，他們手持樂器，姿態像舞蹈。女人的美，在舞蹈中得到極致的表現，所以我沒制止妳媽媽跳舞。但是，女人不用精神跳，只是用肉體跳罷了。長期以來，我看妳媽媽跳，她也是那個樣子。女人與其當尼姑，不如跳舞更美。只此而已。只此而已。妳媽媽的舞蹈，不過是媽媽的感傷，是日本式的……品子的舞蹈，不也是青春的幻想畫，虛無縹渺的嗎！」

品子想表示不同意。

「假使魔界裏沒有感傷，我就選擇魔界。」矢木無所謂地說。

正房裏只有矢木的書齋、波子的起居室、茶室，以及儲藏室和女傭室。後來只好將波子的起居室，充作夫婦的寢室。

這六鋪席的房間，從波子在鄉間別墅的時代起，就給人一種女子房間之感。牆壁下部裱上了古色古香的錦緞片。說它古色古香，是指從元祿[55]以後、江戶時代武士家中的婦女禮服，或別的什麼錦緞吧。

近來，波子一躺下欣賞這些用彩絲刺繡的古色古香花樣，就變得寂寥起來。這些古老的錦緞太女性化了。

波子拒絕矢木後，躺在床上是很痛苦的。

打那以後，矢木就不想再要求波子了。

矢木這個人早睡早起，通常是波子最後就寢。儘管如此，波子來睡之前，他

55 元祿年間，即一六八八—一七〇三年。

總會睜眼說幾句什麼，然後才成眠。
深夜，品子的廂房裏，母女談興正濃，波子還是說了聲：
「這時間妳爸爸該休息了。」
說罷折回了正房。丈夫難以成眠，等候著她，惦掛著她，這是長年累月養成的習慣。
即使是波子，去到寢室，矢木不作聲，她就會思忖：他怎麼啦。
現在這種習慣好像也變成了對波子的威脅。矢木從睡鋪上說了句什麼，波子會嚇一大跳、緊緊蜷曲著身子，鑽進被窩裏。
「又不是罪人嘛。」
波子心裏嘟噥了一句，心情還是平靜不下來。她似看非看地瞅了一眼矢木的睡相。自己究竟犯了什麼罪呢？
波子又不能翻身，她在等待什麼呢？是等矢木睡著，還是等矢木要求自己呢？

他真要求的話，波子大概又會拒絕吧。她害怕那種爭執。然而，他一不要求，她又覺著不愉快了。

矢木入睡之前，波子難以成眠。

今晚波子在品子的廂房裏談天說地，到了丈夫睡覺時間，她也不回正房去。

「聽妳爸爸說，妳對壁龕裏的掛軸有意見……」

「哎呀，爸爸說我有意見？」

「是啊。他說品子不喜歡，兩、三天前他換了一幅掛上……」

「噢？……我只是問問那幅是什麼意思。爸爸說了許多許多，我不太懂。他說媽媽和我的舞蹈是感傷的，這話真令人遺憾啊。」

「感傷？……」

「好像是那樣說的。說跳舞本身就是感傷的……」

「是嗎？……」

波子想起十五年前曾聽矢木說過這樣的話：藉由跳跳芭蕾舞，女子鍛煉了身體，能取悅丈夫。

波子還聽丈夫說過：我二十年來，「除了妳這個女人」，不曾觸摸過任何女人。那時她不由得要躲避丈夫的手臂。也許由於這個緣故，這句話聽起來黏乎乎的，像要把人纏住，令人討厭。

後來一想，正如矢木所說的，作為男人，他的確是「不可思議的例外」。難道「這個女人」——波子，得天獨厚，獲得這例外的緣分嗎？

丈夫的話，波子不曾懷疑。她相信是真的。

可是，今天，她無法感到這叫幸福。總覺得心情很不舒暢。

毋寧說，這不是矢木的性格異常的象徵嗎？波子直勾勾地凝視著丈夫，決心離開他。
「假使說我們的舞蹈是感傷的，那麼我和妳爸爸共同度過的這段生活，也是感傷的囉？……」
波子說著，歪了歪腦袋。
「媽媽近來很勞累，不到春天恐怕打不起精神來。」
「是爸爸使您勞累。爸爸從魔界望著您呀。」
「從魔界？……」
「一跟爸爸說話，不知怎的，我彷彿都喪失生活能力了。」
品子把秀長的頭髮用絲帶繫上又鬆開說，
「爸爸是吃掉媽媽的靈魂才活著的呀。」
波子對品子這種說法，驚訝不已。
「總之，似乎是媽媽背叛了爸爸。對媽媽妳也要道歉……」

「爸爸是不是在等待大家都累垮呢？」
「不至於吧……不過，我決定不久的將來，要把這間房子賣掉。」
「如果早點賣掉，能在東京修建一間講習所就好了。」
「建立一座感傷的講習所？……」
波子喃喃自語。
「可是，爸爸反對呀。」
深夜兩點過後，波子才返回正房。
矢木已經進入夢鄉了。
黑暗中，波子換了一件冷冰的睡衣。
儘管躺下，從眼瞼到額頭還沒有暖和過來。
「媽媽，您就在我這兒歇一宿吧。爸爸已經睡著啦。」
品子說。

「正因為這樣，才被爸爸笑話，說是太感傷了……」

波子回到正房去睡覺，湧上了一股寂寞的情緒，像個年輕姑娘似的想道：要是能和品子兩個人一直待到天明就好了。

她輾轉不能成眠，彷彿害怕驚醒矢木。

早晨，波子醒來，矢木已經起床。這是從來沒發生過的。

波子嚇了一跳。

深刻的過去

波子和竹原去四谷見附近的舊居廢墟時，天氣正在颳著風。

波子撥開比膝蓋還高的枯草，一邊尋覓當年排練場的基石，一邊說：

「鋼琴就放在這附近啊。」

彷彿竹原應該知道似的。

「搬遷的時候，要是把它運到北鎌倉就好了。」

「事到如今還說什麼呢。已經是六年前的往事……」

「不過，眼下我是無法購買像史坦威[56]那樣大型的鋼琴了。那架鋼琴勾起了許多往事的回憶啊。」

「小提琴嘛，一隻手提著就能出去，可是連那個也都燒光了。」

「是瓜達尼尼[57]的吧？」

「是瓜達尼尼的。弓還是圖爾特[58]的呢。想起來真可惜。買這玩意兒的時候，趕上日幣值錢，美國的樂器公司為了獲得日元，把樂器運到日本來了。有時我也想起自己為了把照相機銷到美國，還吃過苦頭吶。」

竹原按住帽檐，背風站著，像在保護波子似的。

「我一吃苦頭，就想起那首《春天奏鳴曲》來。一站在這裏，就可以聽見鋼琴聲從廢墟上傳來那首曲子。」

「對，跟波子在一起，連我彷彿也聽見了。兩個人用來彈奏《春天奏鳴曲》的兩件樂器，都燒光了。小提琴即使倖存，我也已經不能演奏它了。」

「我對彈鋼琴也沒把握了……不過，現在連品子都知道，《春天奏鳴曲》中有我和你的往事回憶吶。」

---

56 史坦威，美國鋼琴製造公司。

57 Giovanni Battista Guadagnini, 1711-1786，十八世紀義大利製琴大師。（編注）

58 Tourte，知名法國製弓家族，其中Francois Xavier Tourte（1748–1835）有現代琴弓之父之稱。（編注）

「那是在品子出生之前，是深刻的過去啊。」

「要是春天能舉辦我們的表演會，又在能勾起我和你往事回憶的樂曲中跳舞，我也想試著跳一跳。」

「在舞臺上跳得最歡快的時候，要是又惹得恐怖感發作，可麻煩哩。」

竹原半開玩笑地說。

波子閃爍著晶亮的目光。

「我再也不害怕了。」

枯草冷颼颼的，隨風搖曳，西斜的陽光也為之搖搖擺擺。

波子的黑裙上晃動著枯草閃亮的影子。

「波子，就是找到舊基石，也不修建早先那種房子囉。」

「嗯。」

「我請個認識的建築師來看看地點吧。」

「拜託了。」

「新房子的設計，也請妳考慮一下。」

波子點點頭，說：

「你說是深刻的過去，是指被枯草深深地埋沒了的意思嗎？……」

「不是這個意思。」

竹原好像找不到適當的言語。

波子回頭望著殘垣斷壁，走到馬路上。

「這堵牆不能用了。蓋新房之前，得把它拆掉。」

竹原說著也回過頭來。

「大衣下襬上沾了枯草呢。」

波子抓住衣服的下襬，轉過來瞧了瞧，首先撣了撣竹原的大衣。

「朝後面看看。」
這回是竹原開腔了。
波子的衣服下襬沒有留下枯草。
「妳對修建排練場，下好大的決心啊。矢木答應嗎？」
「不，還……」
「還真難啊。」
「噢，在這兒修建，等將來建成，我們不知會變成什麼樣子囉。」
竹原默默地走著。
「我和矢木共同生活了二十多年，孩子也長大了，可這不是我的一生。連我自己都感到吃驚。彷彿自己有幾個身軀哩。一個和矢木一起生活，一個在跳舞，另一個也許在想你。」
波子說。

西風從四谷見附的天橋那邊吹拂過來。

他們向伊格納西奧教會旁邊一拐彎，外護城河的土堤上便迎面吹來一陣風絲兒。土堤的松林也發出一陣松濤聲。

「我想成為一個人，把自己的好幾個身軀統一成為一個人。」

竹原點點頭，望了望波子。

「你能不能跟我說一聲：『和矢木分手吧』呢？」

「關鍵就在這裏……」

竹原領會地說，

「我嘛，剛才就在考慮，假使我跟妳不是舊識，而是最近才初次相遇的話，事情會怎麼樣呢？」

「啊？……」

「我所以說深刻的過去，大概也是因為腦子裏有這種想法吧。」

「現在與你初次相遇？……」

波子懷疑似的回頭望了望竹原。

「我討厭這種事……無法想像。」

「是嗎？」

「真討厭，已經四十開外，才初次遇見你……」

波子的眼睛流露出悲傷的神色。

「年齡不是個問題麼。」

「不！我不願意這樣。」

「問題是深刻的過去。」

「可不是嗎，如果現在才初次相會，你大概連瞧也不會瞧我一眼吧。」

「妳是這麼認為嗎？波子……也許是相反。」

波子彷彿胸口挨扎似的站住了。

他們來到了幸田旅館附近。

「那番話，留待我以後再詳細請教吧。」

波子想進旅館，卻若無其事地掩飾了一番。

「你這副表情，不顯得淒涼嗎？……」

長廊的半道上，擺著一個百寶架，陳列著魯山人的陶器。還有許多仿志野和織部的作品。

幸田旅館使用的全套食具，都是魯山人的作品。

波子站在百寶架前，欣賞著仿九谷的碟子。那裏的破璃，隱約照見自己的臉。眼睛映得特別清晰。她覺得還閃閃發光。

花匠在走廊盡頭的庭院裏鋪上枯松葉。

波子從那裏向右拐，又往左拐，然後從湯川博士住過的「竹廳」後面走到庭院。

「據說矢木先生來的時候，是住在那間房……」

波子對女傭說。

他們被領到廂房去。

「矢木什麼時候來住過呢？」

竹原邊取大衣邊探問。

「我從高男那兒聽說，好像是從京都回來時順道來的。」

波子從臉上一直摸到脖頸。

「被風一吹，都粗糙了……對不起，我去一會兒。」

波子在盥洗間裏洗完臉，到套間的鏡子前坐下。她一邊迅速地施淡妝，一邊尋思：正像竹原所說，倘使兩人現在才初次相會……然而，自己無論如何也無法那樣想。

他們兩人來到旅館裏面的廂房，沒有顯出什麼不安的樣子。可能是因為關係親密，或者這是一家熟悉的旅館吧。

波子的腦海裏浮現出：矢木也來過這隔著栽滿竹子的庭院的對面房間。這種聯翩浮想，令她與竹原在一起的不安心緒，平靜了下來。

在矢木來這家旅館之後，一段短暫的時間，波子曾被罪過的恐懼所追逐，而身體則像燃燒的一團火。如今這也消失了。

想起這些，波子臉上泛起了紅潮。她又一次打開粉盒，重施濃妝。

「讓你久等啦。」

波子折回竹原那裏。

「煤氣味一直傳到對面吶。」

竹原瞅了瞅波子的化妝。

「變得漂亮了……」

「你說過還是像初次相會那樣好……」

波子說著，嫣然一笑，

「我想繼續方才的話，請教請教。」

「是深刻的過去？……就是說，倘使是初次相會，我想我會更加不顧一切地，把波子奪過來……」

波子耷拉下頭，心潮澎湃。

「再說，從前我不能和妳結婚，也很悲傷啊。」

「對不起。」

「不，我已經沒有怨恨和憤懣了。而是相反。妳和別人結婚，二十多年後又這樣相會。想到這些，深刻的過去……」

「深刻的過去，你說過多少遍了？」

波子抬起眼睛問道。

「也許過去讓我當了舊道德家了吧。」

竹原這麼說了一句，又重新考慮似的說，

「這種感情從深刻的過去，一直維持到現在而沒有泯滅，它約束著我。彼此都結了婚，而且這樣相會，似乎很不幸，其實說不定是幸福的吶。」

波子彷彿現在才想到竹原也已經結婚了。竹原的結婚，與波子的結婚不同吧，莫非竹原不希望自己的家庭受到攪亂？

竹原或許也害怕在結婚中幻滅？和波子之間的感情太深，幻滅就會到來。

波子像是只能接受竹原的拋棄了。然而，就算是沒有過去的回憶，兩人是初次相會，竹原那種像感受到愛一般的口氣，彷彿拯救了現場的波子。

「對不起。」

女傭招呼了一聲，便走了進來。

「風很大，我把擋雨板拉上吧。」
這間廂房沒有裝玻璃門。
女傭依次拉出擋雨板的當兒，波子也望了望庭院，只見低矮的竹子在搖曳，葉子背面都翻過來了。
「黃昏了吧。」
竹原將雙肘支在桌面上，
「我的話讓妳悲傷了嗎？」
波子微微點頭。
「我沒想到啊。就說妳吧，和我在一起的時候，也經常會引起恐怖症發作嘛。」
「我說過，我已經不害怕了。」
「我看見妳害怕的樣子，心裏很難過。我好像醒悟過來：啊，不行啊……」
「我覺得，那不就是愛情的發作嗎？」

「愛情的發作？……」

竹原深入地說了一句。

波子彷彿感到突然發作的愛情真的又貫穿全身，不禁顫抖起來。她靦靦腆腆，顯得十分嬌媚。

「就是說，正好相反。我說是相反的心情，妳應該理解。妳想想，以前是我讓妳與別的男子結婚的。儘管實際上不是我讓妳這樣做，而是妳自己這樣做的，可是從我的角度來看，也可以那樣說吧。因為我沒有把妳奪過來，而只是觀望……我過分尊重妳，我沒有信心使妳幸福。這是年輕男子容易犯的錯誤。錯也有錯的好處，迄今通過深刻的過去，使我這個人也看到了光明……我想在其他問題上，我並不膽小，也不卑怯，怎麼竟能那樣在暗中珍惜妳呢。」

「得到你的尊重，我心裏很明白。」

波子老實回答。波子半敞開自己的心扉，感到有點躊躇。就是全敞開，竹原也未必會闖進來吧。

「啊？……」

「真奇怪，我們這樣坐著，就像先前某個時候，我已經與妳結婚了。」

「這種親切感已經滲透我的身心。」

波子用目光表示了同感。

「畢竟是由於深刻的過去啊。」

「我的錯誤的過去？……」

「不一定是這樣吧。因為我們彼此都沒有忘卻……大概是去年，你曾在信上寫了和泉式部[59]的歌寄給我。」

波子靦腆地說：

「你還記得嗎？」

想思徒然空結緣，問君兩者孰為勝。——這首歌，波子是在《和泉式部集》裏發現的。

「這首歌通篇都是大道理……」

「妳說過要跟矢木分手，可過去了整整二十年了。結婚真可怕啊！」

眼看波子變了臉色。她覺得竹原是在說她生了兩個孩子。

「你欺負我嗎？」

「聽起來像欺負妳嗎？」

「我的心胸變得狹窄了，我是赤身在顫抖呢。你竹原氣量大，才能觀察到深刻的過去。」

竹原向波子吐露了衷情。波子總有些懷疑，感到心神不定。

竹原好像在等待波子哭泣或偎依過來。由於這個緣故，波子沒有抽泣，也不

---

59 和泉式部，日本平安朝中期的女歌人。

能靠過去。然而，波子看到竹原氣量大，變得更加焦灼和難過了。
情人說了赤身在顫抖，他為什麼不過去擁抱她呢？
波子並沒有失去判斷能力。
今天與竹原相會，實際上是因為有事。是為了和他商量把房子賣掉、修建排練場的事。竹原也來看了看舊址，並在附近的幸田旅館吃飯。
況且竹原已有妻室，波子也沒和矢木分手。
在這家熟悉的旅館裏，可能會犯下錯誤。波子起初並沒有想到。
再說，波子大概不會拒絕竹原吧。波子已經感到自己隨時隨地都是屬於竹原的了。
「妳說我氣量大？……」
竹原反問了一句。

用過晚餐，波子在削蘋果的時候，傳來了教堂的鐘聲。

「這是六點的鐘聲啊。」

鐘鳴時，波子停住了削刀。

「天剛黑，風也停了。」

波子把削好的蘋果放在竹原面前。

「我一定要去見矢木。」

竹原說。波子出乎意外地問道：

「為什麼？」

「波子，不論是修建排練場，還是要和矢木分手，妳自己都沒法解決吧？」

「我不願意。那我不願意……你別去見他……」

波子說著，搖了搖頭，

「我來辦吧。」

「不要緊。我以波子朋友的身分去見他……」
「那我也不願意。」
「波子，妳也許需要代理吧。我覺得事情很難辦。但是，我有心去接觸一下矢木的真面目，看他是什麼態度？」
「矢木要是固執己見……」
「噢？……北鎌倉的房子是在誰的名下？」
「家父的遺產，一直是在我的名下。」
「不會瞞著妳篡改嗎？」
「矢木？……不至於到那個程度……」
「為慎重起見，還是調查一下吧。我不瞭解矢木的為人……我覺得總有一天，為了妳，我要跟矢木辨明是非的，現在是不是時候，我還沒從妳那兒弄清楚……」
「弄清楚？……」

「妳不是問過我：你怎麼不對我說聲『跟矢木分手吧』。真的可以分手嗎？」
「早就分開了。」
波子像被套了出來似的。她說罷，頓時羞得滿臉通紅。
竹原猛醒過來，爭辯似的說：
「儘管如此，今天我也到妳家……」
波子依然耷拉著腦袋，輕輕地搖了搖。
竹原窒息般地沉默了一陣子。
「我是想作為波子妳的朋友去見矢木，因為作為妳的情人去，就無法說話了。」
波子抬起臉，盯視著竹原。
她那雙大眼睛噙滿了淚水，依然盯著竹原。
竹原站起身，摟住波子的肩膀。
波子的反應像是想離開竹原，可一觸到竹原的胳膊，指尖陡地顫抖起來，然後又讓那雙麻木的手，輕柔地滑落在竹原手上。

竹原要回去了，波子還要留在幸田旅館。

「我一個人不能回家。得把品子叫來，和她一起回去。」

波子說罷，往大泉研究所掛了電話。品子還在那裏。

「我一直待到品子來吧？」

波子稍稍考慮了竹原的話，說：

「今天，你還是別見他……」

「連品子也不可以見嗎？」

竹原邊笑邊安慰似的看了看她。

波子把竹原送到大門口，望著竹原的車子啟動後，她忽然又想緊追上去。

為什麼不跟竹原一起，從這兒出發呢？

波子覺得不能回到矢木那兒去了。她剛才感到奇怪，竹原為什麼回家呢？現在她又把這件事忘卻了。

波子獨自一人留在房間裏，無法平靜下來，她聽從女傭的規勸，到旅館澡堂洗澡去了。

「深刻的過去……」

波子反覆回味著竹原的話。在暖乎乎的浴池裏，她只感受到過去已經失去了。縱令自己現在已經四十開外，可觸到竹原的手時那份喜悅的心情，和當年年輕時候沒有什麼不同。波子閉上眼睛，恍如他緊緊地抱住了自己，覺得自己像年輕的女孩一般。

「小姐來了。」

女傭通報來了。

「是嗎？我馬上就洗好，讓她在房間裏等一會兒。」

品子沒脫大衣，在暖爐前隨意就坐了下來。

「媽媽？……我以為您怎麼啦；來了一看，聽說您洗澡去了，我也才放下心。」

品子仰望著波子說，

「媽媽，您一個人？……」

「不，竹原剛才還在。」

「是嗎？已經走了？」

「我給品子掛電話以後不久……」

「那時候還在嗎？」

品子納悶似的問道。

「您只說讓我到這兒來，就把電話掛斷了，我很擔心呢。」

「談到修建排練場的事，就請他去看看地點。」

「噢。」

品子快活地說，

「媽媽打起精神來了。品子也想去看看呢。」

「今晚歇一宿，明兒去看，好嗎？」

「住在這兒？」

「倒不是打算住在這兒，不過……」

波子吞吞吐吐，她避開了品子的視線說，

「媽媽不願意一個人回家，才把妳叫來……」

「媽媽不願意一個人回家？」

品子只是輕聲反問了一句，又深鎖眉頭，神情格外嚴肅。

「與其說不願意，不如說難過啊，彷彿不可饒恕似的……」

「是父親嗎？……」

「不，是自己……」

「哦？對父親？……」

「是啊，也許是對自己。自己是不可饒恕的。這是不是真有其事，媽媽也不知道……表面上是自己責備自己，其實是尋找藉口為自己開脫。」

品子彷彿又重新思考起什麼。

「今後媽媽到東京來，我陪媽媽回去算了。」

「媽媽像個小孩子囉。」

波子笑了笑，

「品子。」

「回家竟使媽媽感到難過，我倒沒想到會到這個程度。」

「品子，媽媽說不定要跟妳爸爸分居。」

品子點點頭，抑制住心潮的起伏。

「品子，妳覺得怎麼樣？」
「我覺得很悲傷。不過，我以前就想過，並不那麼震驚。」
「媽媽太不理解妳爸爸啦。從一開始就不理解。儘管不理解，卻能生活在一起，這個時期也許已經結束了吧。」
「理解過來也不成了，不是嗎？」
「不知道。和不理解的人在一起，自己也變得什麼都不理解了。媽媽和妳爸爸這樣的人結婚，不知怎的，好像是跟自己的幽靈結婚似的。」
「品子和高男都是幽靈的孩子？……」
「這不一樣。孩子是活生生的人的孩子。是神的孩子。妳爸爸不是說過嗎，如果媽媽的心像現在這樣離開妳爸爸，那麼生下品子和高男不也是件壞事嗎？這是幽靈的話啊。對我們是不適用的吧。也許為了消愁解悶，活下去就是人的一生吧。可是，這樣生活下去，媽媽最終也會被當作幽靈的啊。儘管說是跟妳爸爸分手，卻不只是兩人的事，也是品子姊弟的事啊。」

「我倒沒什麼，只是高男……高男很想去夏威夷，是不是等高男離開日本之後……」

「是啊。就這麼辦吧。」

「不過，爸爸一定不會放走媽媽的。」

「媽媽似乎也使妳爸爸相當痛苦。妳爸爸跟我結婚，完全是妳奶奶的意志，妳爸爸迄今一直努力用自己的意志，去貫徹妳奶奶的意志。」

「那是因為媽媽愛著竹原，才有這種想法吧。」

「媽媽跟爸爸分手、愛另一個人，我作為女兒，覺得這太苛刻了。爸爸問過我：媽媽跟竹原繼續來往好嗎？我說：好。我所以這樣回答，是因為我覺得爸爸問得太殘忍了。高男則說：我不希望爸爸問我這個問題。他到底是個男子漢。」

品子壓低聲音說，

「竹原雖然是個好人……我並不覺得意外……不過，承認媽媽的愛，這好像品子我進了魔界一樣。所謂魔界，就是以堅強的意志去生活的世界吧……」

「品子……」

「媽媽和竹原幽會，又把我叫來；這不去說它了，我倒無所謂。即使將來遠離媽媽，品子也會想起今晚媽媽叫我來的事。」

品子噙著眼淚，她不好問：與竹原在一起，您也感到寂寞嗎？

「為什麼要叫品子來呢？」

波子頓時啞口無言。

莫非波子為了擺脫和竹原在一起時湧上來的某種情緒，才給品子掛了電話？

波子和竹原就這樣在一起，不想分離，也不想回家，在要擁抱的喜悅中，包含著辛酸的悲傷，彷彿無法把自己支撐起來。是某種無以自容的思緒，促使她把品子叫來的吧。

假如竹原沒有擁抱波子，波子的腦海裏恐怕不會浮現出品子來。

「我希望跟妳一起回家啊。」

波子只是這樣回答。

「回家吧。」

她們來到東京站，橫須賀線的列車剛剛發車，她們等了二十分鐘。

她們坐在月臺的長椅上。

「媽媽就是和爸爸分居，大概也不能跟竹原先生結婚吧。」

品子說。

「是啊……」

波子點點頭。

「和品子兩個人生活，媽媽也只有跳舞……」

「當然囉。」

「我想爸爸決不會放棄媽媽的。高男可能去夏威夷，爸爸說他也要出國，恐怕是空想吧。」

波子一聲不響，只顧凝望著對面月臺移動的火車。

火車啟動後，可以看見八重洲口那邊的街燈。也許是品子想起來的吧，開始談論在波子的排練場裏和野津見面的事情。

「我拒絕了。不過，還是要跟野津跳舞的。」

翌日是星期天，下午波子在家中排練。

午飯後。

「竹原先生來訪。」女傭來傳話。

「竹原？……」

矢木落落寞寞地望了望波子，

「竹原來做什麼？」

矢木又銜著女傭說：

「妳去告訴他：太太不想見。」

「是。」

品子和高男緊張地屏住氣息。

「這樣做行吧？」

矢木對著波子說，

「要見在外面見，這樣不是更自由嗎？幹麼要厚顏無恥地到我們家裏來呢！」

「爸爸，我覺得這不是媽媽的自由。」

高男結結巴巴地說。他放在膝上的手在顫抖，突出在細小脖頸上的喉結微微顫動著。

「哼，就算是你媽媽吧，只要留有自己行為的記憶，就不能自由吧。」

矢木挖苦地說。

女傭又折回來說：

「客人說不是要見太太，是想見老爺。」

「想見我？……」

矢木又望了望波子，

「要見我，就更要回絕。妳說我沒有必要見他。沒有約好今天見。」

「是。」

「我去說。」

高男說著，很快將長髮往上攏了攏，走到大門口去。

品子把視線從父母身上移開，投向庭院。

滿院幾乎都是梅花。這是離家稍遠、靠山種植的。簷前只種了一、兩株。

靠近品子廂房的走廊，種有瑞香花。仔細一看，結著堅硬的蓓蕾。梅花不知怎麼樣了呢。

品子彷彿聽見母親的呼吸聲，胸口堵得慌，幾乎呼喊出來。她打算出門，穿了一身西服裙，無意中繫錯了釦子。

高男踏著響亮的腳步聲，走了進來。

「他回去了。他說要去學校見爸爸，問了爸爸上課的時間。」

高男說罷，盤腿坐下。

矢木問高男：

「他有什麼事？……」

「不知道。我只讓他走。」

波子一動不動，她的身體好像被緊緊綁住一樣。隨著竹原的腳步聲遠去，她感到矢木的目光逼近過來。竹原這兩天就來，她萬萬沒有想到。

品子悄悄地看了看手錶，默默無言地站起身來。她早已打扮好，便匆匆地走出了家門。

電車每隔半小時一班，竹原肯定還在車站裏。

竹原在北鎌倉站的長站臺上，低著頭來回踱步。

「竹原先生。」

品子從木柵欄外呼喚。

「啊？」

竹原嚇了一跳，停住腳步。

「我現在就過去。離電車發車還有一段時間……」

品子急忙從小路上走過去，竹原也跟著從軌道對面的站臺向檢票口走來。

可是品子站在竹原面前，竟啞口無言了。她滿臉緋紅，變得十分拘謹。

她拎著一個袋子，裏面裝了排練服和芭蕾舞鞋。

竹原在想：可能發生什麼事，品子才緊追上來的吧？

「是去東京嗎？」

「嗯。」

竹原邊走邊說，卻不瞧品子一眼，

「方才我去了府上，妳知道吧？」

「知道。」

「我本想見見令尊……但是，沒能見著。」

上行的電車駛過來了。竹原讓品子先上車，彼此面對面地坐下。

「能不能給令堂捎個口信，就說名義還是改變了……」

「啊？名義？……什麼名義？」

「妳這麼說，她就明白了。」

竹原脫口而出，轉念又說，

「反正妳早晚會知道的。是房子所屬的名義吶。我是為了這件事來同令尊談的。」

「啊？……」

「妳是站在母親這邊的吧？無論發生什麼事……令堂的人生意義在於今後呢。

如同妳的前途在於今後一樣的啊。」

電車到達下一站——大船站。

「我在這兒告辭了。」

品子說罷，霍地站了起來。

駛往伊東的湘南電車，跟這班車交錯進站了。

品子直勾勾地望著，一躍跳進了車廂。翻滾的心潮很快平靜下來。

剛才竹原來到大門口，父母坐在茶室裏，品子受不了那種令人窒息的空氣。

她感受到母親的心情，像是要從痛苦中噴出血來。

因此品子才出門追趕竹原。她一見到竹原，又不好意思，羞澀得難以自容。她本想潛代母親轉告什麼，卻又說不出話來。

為什麼要來呢？品子如坐針氈，便在大船站下了車。

她搭上湘南電車，也是突然的決定。品子一想到要去會見香山，便天真地使心神沉靜下來。

殘廢軍人在大磯一帶募捐。品子茫然地聽著他們那帶刺兒的演說腔調。

「諸位，不要給殘廢軍人捐款。捐款是禁止的……」

另一個聲音說。乘務員佇立在站口。

殘廢軍人停止演說，踏著金屬假腿的腳步聲，從品子旁邊擦身而過。他從白衣服裏伸出一隻手，也是金屬骨骼的假手。

品子從伊東站搭上東海一路公共汽車。到達下田得花三個小時，一路上將會是日暮的光景了。

解說1

小說《舞姬》裡出現的人物，以芭蕾舞者波子和品子母女倆為中心，包括波子的丈夫矢木、品子的弟弟高男、波子的前男友竹原、波子的女弟子友子、品子愛慕卻只出現在回憶中的香山、高男的男性友人松坂、與品子演對手戲的野津、波子與品子的經紀人沼田等。

這些人表面上看似交織出各式各樣的人際關係，事實上卻並非如此。每個人都是孤獨的，沒有任何一個人擁有改變他人命運的關鍵性力量。故事中描寫最多的是矢木與波子之間，猶如瑞典作家史特林堡（August Strindberg）作品中描述、一樣可怕的夫妻關係，然儘管矢木猶如惡魔，他也同樣有無能為力的時候。作者十分周到地將無力感平均分配給這部小說中出現的善、惡、美神。

作者刻意不去描寫書中人物從那股無力感脫離、沉醉在自身力量的瞬間。波子是放棄登台夢想的昔日舞姬，品子是尚未成為芭蕾舞團第一女主角的未來舞姬，然而內容卻老是在描寫她們欣賞他人登台表演的場面，亦不提她們昇華自身能力的過程，同時以護城河裡白鯉魚貫穿全文，代表著不祥的發展。

「別看了，妳不該把注意力擺在那種東西上。」

竹原對始終看著白鯉魚的波子這麼說；把男朋友丟在一旁，自顧自盯著詭異的白色鯉魚出神，這樣的女人理所當然會讓竹原感到不安。事實上那條鯉魚正是某個美麗又虛無的象徵，彷彿一看見牠，一切人際關係就會失去發展的機會。

波子正如同能樂當中的「鬘物」這齣戲曲的女主角，被寫得優雅，又有深刻的哀愁，她對人生所懷抱的夢一塊塊瓦解。但波子不像包法利夫人（注：Madame Bovary，法國作家福樓拜（Gustave Flaubert）由一八五六年起歷時五年時間完成的長篇小說《包法利夫人》的主角。）那樣，擁有因不滿而持續燃燒的靈魂；換個角度來說，波子更桀驁不馴，她懂得讓罪惡就是罪惡、悲哀就是悲

---

1 本篇解說由黃薇嬪翻譯。

哀、絕望就是絕望，並從中獲得樂趣。

讀完這部小說之後，我認為川端先生寫小說的態度中，存在著獨特的寫實主義。他以自己的雙眼看人生，從「無論怎麼看，人生都只能夠是這個樣子」的角度上撰文，簡言之這就是寫實主義小說。從某個角度上來說，相較於自然主義寫實派的二流作家，法國十九世紀浪漫派作家奈瓦爾（Gérard de Nerval）、意識流作家普魯斯特（Marcel Proust）反而都是更透徹的寫實主義者。

文章乍看之下平易近人、沒有太多理論性的內容，很適合婦女閱讀，同時川端先生的文體又讓人很快就氣喘吁吁、必須頻頻停下腳步稍微喘口氣；文章背地裡隱藏著堅固的岩盤，並且處處可見作者「在我眼裡看來就是這樣」的暗示；也因為作者本人是忠實的寫實主義者，一般讀者會不斷有種隔靴搔癢的感覺。

作者強行將登場人物與自己的寫實主義結合在一起，使之勉強合乎條理，這種做法也更加證明作者是難以定義的寫實主義者。舉例來說，波子和竹原在文章開頭處幽會的段落，仔細寫出了電車軌道旁成排的法國梧桐樹，有些葉子幾乎掉光，有些的樹葉依舊青綠（原文二十六頁），事實上若說這純客觀、純屬個人內心想法的觀察是幽會兩人眼裡所見的風景，也未免太不自然。然而就在讀者心生疑慮之際，下一行就出現強迫讀者接受這安排的句子：

「竹原回想起波子說的：『同樹不同命』這句話。」

這種做法在白鯉魚的段落也曾經出現過（原文二十八頁）。在一長串關於白鯉魚的描述之後，作者安排竹原說：

「別看了，妳不該把注意力擺在那種東西上。」

也藉此表現波子的性格。這種手法屬於小說中的倒敘法，以事後補充說明的方式取代伏筆，逐漸增加小說的深度，並將整個長期幽會的過程視為一大伏筆，以女方正在幽會時，注意力卻擺在法國梧桐樹或鯉魚上，暗示這段感情最後將無疾而終。

我在這裡戲稱川端先生的寫實主義是「隔靴搔癢的寫實主義」，而這隔靴搔癢最成功的安排就是矢木，最失敗的安排則是竹原。彬彬有禮、優柔寡斷的男朋友竹原，無論從哪個角度看來都缺乏魅力，是矢木所云的「凡夫俗子」，也是波子的「幻想對象」，相反地，矢木這個角色卻異常寫實。

他是卑鄙的和平主義者、膽小的反戰論者、性喜逃避的經典文學愛好者；原本是妻子的家教老師，靠著敲詐妻子維生、體現母親充滿心機的執著、瞞著妻子存錢想讓兒子逃去夏威夷唸大學、並讓自己逃往美國，還偷偷把妻子的房子轉到自己名下；這個男人一輩子不曾搞過外遇，以昆蟲學家般的好奇心愛著妻子一個人，卻又當著孩子面前指責妻子的精神外遇。這個男人簡直叫人毛骨悚然。

小說裡將波子置於表面，矢木擺在背景裡，這種處理方式很成功。波子難以承受的恐懼（波子甚至為此差點精神失常！）、彷彿被什麼無形東西纏上的不安，以及想擺脫卻無能為力的焦躁，全都因為以「隔靴搔癢寫實主義」描寫矢木而突顯了出來，充滿詭異的真實感。若改以分析的方式描寫矢木，恐怕就寫不出波子的不安，或者即使寫出來了也缺乏真實感。

矢木在孩子面前責怪他們的母親，以及孩子們一一反駁的對話場面，顯然是悲劇的最高潮，讓人聯想到經典戲曲的結局。然而諷刺的是，這種程度的「家庭」悲劇因為最後的大結局，逐漸瓦解這個代表二次大戰戰敗後之日本「家庭」的家庭。《舞姬》全篇故事十分巧妙地描寫出這種伴隨日本民主化所產生的普遍現象。然而這個特殊家庭又進一步急速瓦解、加速瓦解，則是他們家裡原本就埋著導致瓦解的種子，與時代無關，爾後劇情發展到悲劇的最高潮時，每個人才開始正面互相頂撞，促成由厭惡而非愛情組成的絕佳典型家庭誕生。這正是嘲諷意味十足的家庭小說。

到這裡，「入佛界易，進魔界難」這句可怕的小說主題才首次出現。

矢木憐憫笑稱勤勉學習芭蕾的母女兩人多愁善感。不管是波子或品子，都是以跳舞為媒介，她們並不具備踏入魔界的才華。那麼，矢木又是如何呢？矢木也全然不符合品子稱的「所謂魔界，是指具備堅強意志者能夠生存的世界」（原文三〇二頁）這層含意的魔界居民資格。矢木也有無能為力的時候。

矢木究竟是什麼樣的人呢？

作者安排波子稱矢木是她一點也不了解的人物，但矢木單純只是把一切都看在眼裡卻無能為力的「惡魔」嗎？矢木對波子永遠忠貞的愛情當中，存在著身為觀察者層次不同的愛人方式；而波子永遠拒絕不了矢木，或許也是因為她受到此等非人類愛情的詛咒、變身成湖裡白天鵝的緣故。

矢木的無力感表露出每個登場人物的無能為力，也令人覺得這彷彿是矢木的詛咒。大團圓的場面藉由品子逃往香山暗示著這個詛咒已然瓦解。然而矢木雖然因為某些原因而無能為力，卻又有點獨斷專橫，矢木是否象徵著小說家本身，而不是對於人類行為的進化感到無力呢？這樣看來，小說《舞姬》這個故事裡，勤勉學習芭蕾這項藝術行為的女子，因此成了無法生育的女人，也無法逃離輕蔑一切行為的男人支配。作者以波子和矢木象徵藝術家與藝術家的生活，說穿了就是象徵著藝術與生活，這兩者各自獨立又潛藏著黑暗面，也是彼此永遠的敵人。

與一般想法不同，川端先生與那些對於女性不抱任何夢想的作家並無二致。關於波子的描寫也暗示了這一點。再沒有哪一本小說提到女人時，會這麼感性且對女性不抱任何夢想。法國作家福樓拜將自己無以實現的夢想寄託在包法利夫人身上，相反地川端先生卻沒有寄託在任何東西上，因此我才會稱他是寫實主義者。

對於川端先生而言，何謂永遠的美？我接下來的說明恐有老王賣瓜之嫌，但我想答案就是美少年。儘管本書內容中描寫的篇幅不多，不過從高男的男性友人松坂長相俊美、猶如希臘美少年般不吉利，亦可窺見東方神話娑伽羅龍王（即一般稱的海龍王），以及川端作品《山之音》裡菊慈童能面的影子。

最後補充一點，《舞姬》是昭和二十五（一九五〇）年十二月至昭和二十六（一九五一）年三月在朝日新聞報上連載的作品。

——三島由紀夫

（昭和二十九〔一九五四〕年十一月、作家）